KB037526

사진가는 길에서
사랑을 배운다

사진가는 길에서
사랑을 배운다

2013년 11월 15일 초판 인쇄
2013년 11월 25일 초판 발행

지은이 신미식
발행자 박흥주
발행처 도서출판 푸른솔
편집부 715-2493
영업부 704-2571~2
팩스 3273-4649
주소 서울특별시 마포구 도화동 251-1 근신빌딩 별관 302호
등록번호 제 1-825

값 18,500원
ISBN 978-89-93596-43-4 (03810)

이 책은 〈머문자리〉 〈떠나지 않으면 만남 도 없다〉 〈고맙습니다〉 개정판입니다.

여행이 주는 행복은 다양한 사람들을 만나고
그들의 삶을 조금씩 닮아가는 것이다.

Super
한국 통신
버스승강장

사진가는 길에서 사랑을 배운다

신미식 글·사진

푸른솔

ONATHAN BLACK
RINGMASTER'S SECRET
CAROLYN KEENE
R10
NANCY DREW
MYSTERY
R15
BY ANTHONY COST
R15
R35
EDD'S
ORIGINAL

VERLEY
OPPING
CAFE BAR
IN

THE EDINBURGH TOUR

Valley Hostel

HONDA

contents

America

Asia

Europe

636
Ethiopian
636
Ethiopian

I am a Photographer
SHIN, MI SIK
신미식

America

나를
미소 짓게
하는 것

이 한 장의 사진이 결국 나를 미소 짓게 했습니다.
하나 둘! 하나 둘!
자, 손을 높이 들고 발을 앞으로 쭉 뻗고.
그렇지, 그렇게 앞을 보면서…
선생님의 구령에 맞춰 걸음걸이를 연습하는
아이들의 천진난만한 모습.
광활한 황금 들녘 한가운데서 어린 시절을 반추해보는
그런 행운을 느낄 줄이야.

– 페루

내가
부르는
노래는

저는 아빠와 함께 노래를 하며 돈을 법니다. 사람들에게 내 노래는 아주 슬픈 인디오들을 연상케 하는 아픔이 묻어 있습니다. 아빠는 악기를 연주하고 나는 손으로 박수를 칩니다. 나는 웃으려고 하지 않습니다. 내가 웃으면 사람들은 우리 부녀에게 돈을 주지 않을 것이기 때문입니다. 가장 슬프게 울려 퍼지는 내 목소리에 사람들은 주머니의 동전을 꺼냅니다. 그것이 동정이라 해도 상관없습니다. 이렇게라도 돈을 벌 수 있다면 난 그것으로 만족합니다. 특별히 당신의 카메라 앞에서만 미소를 지어보입니다. 당신은 그래야 내게 동전을 줄 것 같기 때문입니다.

– 페루

내
웃음이
이쁜가요?

페루의 인디오 소년이 카메라 앞에서 미소를 지어보입니다. 어쩌면 미소를 지어보이려 애썼다는 표현이 더 정확할 것 같습니다. 이 어린 소년의 미소는 어떤 시간 속에서 만들어진 것일까요? 자주 웃지 못한 환경 탓인지 어색한 표정의 미소는 못내 아쉬움을 남깁니다.

– 페루

안녕하세요

인사를 합니다. 순진한 아이들이 인사를 합니다. 나는 이미 거친 세상에 익숙해져 있어 순수함을 잃고 사는데 이 꼬마들의 미소는 너무나 아름답습니다. 울긋불긋한 인디오의 전통 옷과 해맑은 미소가 너무나 사랑스러운 꼬마들, 이 아이들이 나에게 인사를 합니다.
아미고스!

-페루

하늘과
산이 만나다

마추피추 트레킹을 직업으로 살아가는 셀파와 포터들은 여행자들의 식사가 모두 끝난 후에야 마른 빵과 옥수수 수프로 허기를 채웁니다. 구름은 산을 감싸고 산은 사람을 품에 안습니다. 다른 세상에서 온 사람들은 산 정상에서 새로운 세상을 만난 기쁨에 감격하지만, 수시로 산을 오르는 이들에게는 그저 돈을 버는 일터일 뿐입니다. 모두가 같은 산을 올랐지만 각자가 느끼는 감홍은 다른 것, 그것이 인생이겠지요. 지친 걸음을 옮기는 사람들에게 산과 구름은 꿀맛보다 더 달콤한 휴식을 선물합니다.

– 페루 마추피추

헌신적인 섬김

낯선 이방인을 위해 텐트를 치는 이들의 마음은 어떤 것일까요? 여행자에게 포터들의 모습은 경이롭습니다. 일을 떠나 섬김이 어떤 것인지 몸소 보여주었던 사람들. 지친 내 마음에 촉촉히 비를 뿌려주었던 이들의 따듯한 눈빛과 말없는 격려. 한 걸음도 걷기 힘들어 주저앉을 때 묵묵히 내 짐을 들어주던 사람들. 그럼에도 친구가 될 수 없었던 만남. 동일한 여행자의 관계가 아니었기 때문일까요? 그저 마음속으로 감사해야 했던 이 사람들과 함께한 3박 4일이 두고두고 마음에 남아 있는 것은 왜일까요? 당신이 당긴 줄에 인생이 담겨 있었음을 이제야 알게 되었습니다. 나를 아주 특별한 사람으로 느끼게 해준 사람들. 이들의 마음 씀씀이를 생각할 때마다 마음을 흔드는 단어가 있습니다.
헌신적인 섬김! 그 섬김의 테두리에서 그나마 위로가 될 수 있었던 시간들. 그 시간에 함께 있어 준 고마운 사람들.

– 페루

검둥이는
내 친구

내 친구는 커다란 검정개입니다. 엄마 아빠가 일터에 나가고 없는 집에서 이 검둥이는 언제나 나와 함께 놀아주는 유일한 친구입니다. 그런데 지금 내 친구는 혼자 있고 싶은가 봅니다. 아까부터 저렇게 웅크리고 앉아 움직이지를 않거든요. 어쩌면 곧 잠이 들지도 모릅니다. 그럴 때면 나는 꼬마 자동차를 타고 논답니다.

– 페루

들어봐요

이곳의 악기소리는 대부분 슬픔을 담고 있는 듯합니다. 그들의 조상이 살아온 힘든 역사를 물려받아서일까요? 조용한 산속에서 울려퍼지는 피리소리와 그 피리를 연주하는 인디오의 모습은 경건해 보이기까지 합니다. 값비싼 연주회에서 느낄 수 없는 이들만의 독특한 악기소리는 두고두고 그리움을 남기고 진한 아쉬움의 끈을 만들어 놓습니다.

– 페루 우루밤바 계곡

산을 오릅니다

무거운 짐을 지고 산을 오르는 인디오들의 어깨에서 삶에 지친 고통이 묻어납니다. 그냥 걷기에도 힘든 4,000미터가 훨씬 넘는 산을 무거운 짐과 함께 넘나드는 '마추피추' 의 산 사람들. 이곳을 찾는 여행자에게 이들은 결코 넘을 수 없는 신비감을 간직한 채 섬김이 무엇인가를 일깨워 줍니다. 한기가 가시지 않은 새벽에 일어나 여행자를 위해 따뜻한 '꼬까잎차' 를 준비하는 이들의 모습을 보며 여행에 지친 몸을 추스리기도 합니다. 마음으로 준비한 따뜻한 '꼬까잎차' 한 잔, 세상에서 가장 맛있는 차입니다.

– 페루 마추피추

집으로
돌아가는
길

이름 모를 시골의 진한 황톳길을 걸어 집으로 가는 모습은 집을 두고 떠나온 나그네에겐 부러운 모습입니다. 카메라를 집어들고 가슴으로 찍었던 이 짧은 시간이 소중한 기억으로 남겠지요? 잠시 외로움을 접어두고 진한 삶의 의미를 되새겨보고 싶은 그런 시간입니다.

– 페루 꾸스꼬의 시골길

인디오의
아침

꾸스꼬에서는 작열하는 태양으로 하루를 시작합니다. 밤새 한기가 가시지 않은 방에서 지친 몸을 뉘였을 인디오 여인은 이른 아침부터 어딘가를 향해 집을 나섰습니다. 아침 햇살은 계단이 길게 늘어선 골목을 찾아오고 집을 나온 사람들은 바삐 갈 길을 재촉합니다. 도시는 어디나 마찬가지로 바쁜 일상으로 살아가야 하는 수고가 있어야만 합니다. 거리로 나선 사람들과 그들에게 삶의 터전인 꾸스꼬는 외국인에게는 애써서 일하지 않아도 되는 그저 신기한 여행지일 뿐입니다.

– 페루 꾸스꼬

페루의 골목

페루의 배꼽이라 불리는 꾸스꼬에 도착했습니다. 3년 전에 찾아왔던 곳을 다시 찾았는데도 감흥은 새롭습니다. 여전히 고산증세로 인해 머리와 온몸이 뭔가로 얻어맞은 듯 욱신거립니다. 밤새 잠을 자지 못한 탓에 정신은 오락가락합니다. 그렇게 이 도시는 이방인의 출입을 흔쾌히 허락하기 싫은가 봅니다. 한동안의 열병을 앓고 난 이들에게만 꾸스꼬의 존재를 보여주려는 욕심 때문인지도. 거리를 거니는 인디오들의 모습에서 진한 삶의 향수를 느낍니다. 그들이 끌고 나온 하얀 라마는 너무나 순한 눈동자로 관광객에게 자신의 모습을 담아달라는 듯 하염없이 쳐다봅니다. 골목을 질주하는 티코 택시는 예전이나 지금이나 변한 것이 없어 보입니다. 이곳에서 가장 잘 적응한 자동차 티코. 꾸스꼬 어디를 가나 요금은 2솔(640원)입니다. 고산지대의 언덕을 오르내리기 힘든 여행자에겐 발이 되어 주는 소중한 존재입니다.

– 페루 꾸스꼬

띠띠까까를 담다

아… 띠띠까까 호수의 파란 물빛은 결국 하늘의 색이었습니다. 이 아름다운 호수는 사람을 작게 만듭니다. 이 호수는 사람들에게 그리움을 남깁니다. 세상에서 가장 높은 곳에 위치한다는 띠띠까까 호수의 존재는 수많은 여행자들을 불러모으는 신비로움이 있습니다. 그 아름다움에 반해 정성스럽게 카메라에 호수를 담아가려는 이 여행자의 마음이 지금의 나와 같은 것은 아닐지 모르겠습니다.

– 페루 띠띠까까 호수

띠띠까까 호수

호수라는 말이 믿어지지 않았습니다. 저렇게 넓은 호수가 있다니… 여행온 사람들은 믿을 수 없다는 듯, 눈이 시리도록 파란 호수 물을 손에 떠서 마셔봅니다. 그제서야 이곳이 바다가 아닌 호수라는 사실을 받아들입니다. 페루의 띠띠까까 호수에는 여러 개의 섬이 존재합니다. 그 섬에 사는 사람들의 생활은 도시에서 살아온 사람들에겐 경이로움입니다. 전기가 들어오지 않는 섬 생활을 하루만이라도 경험해 본다면 우리가 얼마나 많은 사치로 치장되어 있는가를 알게 됩니다.

흙으로 만든 낡은 집에서 사는 사람들, 어쩌면 바쁘게 살아가야 할 이유조차 없는 이곳의 사람들에게 외부인은 그저 신기한 존재일 뿐입니다. 서로에게 신기한 존재로 다가서는 이곳에서의 경험. 여행이 주는 새로운 교훈 하나를 가슴에 새길 수 있었습니다. 누가 더 행복한지는 결론지을 수 없는 숙제로 남겨두고 그 파란 호수를 떠나왔습니다.

– 페루 띠띠까까 호수

바라보다

나는 너희들을 보고, 너희들은 나를 호기심 가득한 눈으로 바라본다. 결국 너희들을 내 카메라에 담았지만 그 순간 얼마나 떨리던지… 눈과 눈이 마주치는 그 짧은 순간이 내겐 너무나 길게 느껴졌다. 잠시 어색해진 내 마음을 알았을까? 너희들을 카메라에 담고 다시 너희의 얼굴을 봤을 때 내게 손을 흔들어줬지. 너무나 따뜻했던 환한 미소와 함께 나의 앞길을 위해 흔들어주던 너희들의 작은 손. 이렇게 내가 사는 곳에 돌아와 너희들을 기억해낸다. 그래서 사진이 소중한가 보다. 다시 너희들을 만나러 갈 수 있다면 꼭 이 사진을 전해주고 싶다. 과연 너희들이 있는 곳으로 내가 다시 갈 수 있을까?

– 페루

다음에라고 말하지 마라!

여행은 다음으로 미룰 수 있는 선택이 아닙니다. 그 다음이 다시 온다고 생각하면 그것은 크나큰 오산일 수 있습니다. 다음은 존재하지 않을지도 모르기 때문입니다. 내가 미뤄온 여행의 시간에 내가 만나고 싶은 사람들과 아름다운 풍광들이 당신을 위해 기다려주지 않을지도 모릅니다. 절대로 다음에라는 말을 하지 마십시오. 꼭 먼 곳이 아니더라도 가고자 했던 곳이 있다면 미루지 마시기 바랍니다. 아주 가까운 곳이어도 좋습니다. 아주 가까운 친구가 아니어도 좋습니다. 더 이상의 이유로 자신을 속여서는 안 됩니다. 최선의 시간을 준비해 떠나는 여행은 자신을 살찌게 합니다. 분명 그렇게 될 것입니다. 현실의 두려움을 생각한다면 아무것도 할 수 없습니다. 내 자신을 진정으로 사랑하는 것, 나를 행복하게 하는 것, 그것이 무엇인지 알 수 있기를 바랍니다.

– 페루 따낄래 섬

그립습니다

그립습니다. 그냥 이 소녀들의 까만 눈동자가 그립습니다. 아름다운 띠띠까까 호수를 안고 살아가는 이들의 모습이 그립습니다. 커다란 눈망울로 호기심을 나타내던 이들의 마음이 그립습니다. 부유하지 않지만 풍요를 그리워하지 않는 이들이 그립습니다.

– 페루 따낄래 섬

이별

비가 오는 궂은 날이었지만 우리가 탄 배가 눈에 보이지 않을 때까지 그렇게 그 자리에서 미소를 잊지 않고 우리에게 아쉬운 이별을 고했다.

– 페루 아만따니 섬

세월

사람은 다른 사람에게서 인생을 배울 때가 있으며 가끔은 나이 많은 인생의 선배들을 보면서 자신의 미래 모습을 생각해 보기도 합니다. 현재의 내 모습보다 앞으로의 모습을 그려보는 것 또한 사람의 한결같은 마음입니다. 살아온 시간은 그 어떤 것보다 아름다울 때가 있습니다. 볕이 들어오는 곳에 앉아 휴식을 취하는 할머니의 모습이 인상적이었습니다. 세월이 만들어준 흔적들을 얼굴에서 발견하며 묘한 느낌이 들었습니다. 왜 그렇게 내 마음을 잡아당겼는지 알 수 없지만, 이 할머니의 모습을 보면서 순간 내 어머니를 떠올렸습니다. 공간은 다르지만 같은 시대를 살아온 이유 때문이었을까? 괜시리 지금은 안 계신 내 어머니가 보고 싶습니다. 너무 아쉽게 떠나가신 그 어머니의 흔적을 찾으려 오래된 사진첩을 들췄습니다.

그 안에서 나를 향해 웃고 있는 내 어머니의 주름진 얼굴과 이 할머니의 모습은 참 많이 닮아 있었습니다.

– 페루

골목대장

우연히 들른 페루의 작은 마을에서 유난히 내 카메라에 관심이 많던 너. 친구들을 많이 괴롭히면서도 내게 시선을 떼지 않았지. 너에겐 내가 그렇게 신기한 존재였니? 사실 나는 네가 더 신기했는데 말야. 파란 스웨터에 특이한 모양의 모자. 그리고 의젓하게 포즈를 취해주던 그 멋지고(?) 귀여운 모습. 눈동자는 초롱초롱 빛나지만 때묻은 얼굴. 어쩌면 페루를 여행하면서 익숙해진 너와 같은 꼬마들의 모습 때문에 그때 난 결코 네가 지저분하다고는 생각하지 않았단다. 단지 지금 이 사진을 다시 보면서 느낀 건데 좀 씻긴 해야겠다는 생각이 든다. 30분가량 너와 놀면서 하루의 피로를 씻었단다. 넌 아마 눈치 채지 못했겠지?
꼬마야.
이제 친구들 그만 괴롭히고 친하게 지내길 바란다. 고마워. 네가 나에게 보여준 그 관심이 나를 참 행복하게 했거든. 많이 생각난다. 넌 이미 나를 잊었을지도 모르지만. 언제나 행복하게 잘 지내길….

– 페루

SE SIRVE
ALMUERZO
PASE UD

사진의 즐거움

여행지에서 만나는 다양한 삶의 모습들은 여행자에겐 신선한 즐거움입니다. 여행자라고 해서 모두가 그런 모습을 바라보는 것은 아니지만, 사진을 찍는 사람에겐 이런 모습을 만나는 것은 행운입니다. 내가 만난 모든 사람들은 나에겐 멋진 피사체가 됩니다. 평범한 일상도 그렇고, 특별해 보이는 그들의 삶도 난 잊을 수가 없습니다. 그들이 내게 보여준 작은 몸짓과 무심히 걸어가는 걸음걸이조차도 내겐 특별함으로 다가옵니다. 쉽게 지나치지 못한 섬세한 내 감정들은 한 장의 사진을 만들어내는 자양분입니다. 여행에서 돌아와 사진을 보며 그때를 회상하는 지금 이 순간이 내겐 새로 떠나는 또 하나의 여행입니다.

– 페루

기도

행복하기를 기도합니다.
감사하기를 기도합니다.
소망이 이루어지기를 기도합니다.
겸손하기를 기도합니다.
지금껏 꿈꿔왔던 사랑이 이루어지기를 기도합니다.
언제나 그렇듯 내 스스로 하나님 사랑 잊지 않기를 기도합니다.
하루를 마무리하면서 찾아간 교회의 십자가는
노을과 인사를 나누는 듯합니다.
여행자에게 위로가 되어준 이곳에서
그렇게 마음의 기도를 드립니다.

– 페루

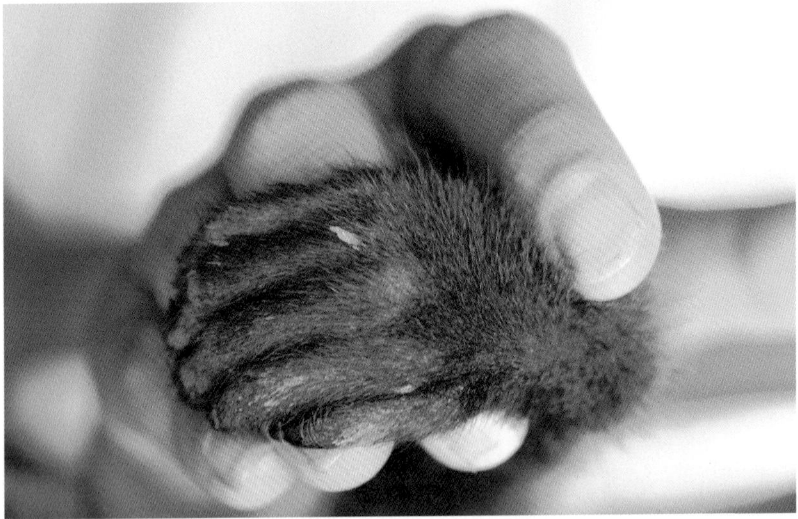

소리 없는 이별

그의 손을 잡았다. 작고 연약한 그의 손에서 전해져온 따스한 온기가 내 심장에 전달되었다. 한참을 머뭇거리던 그가 내 품에 와락 안겼다. 그리곤 내 목을 감싸 안은 채 한동안 불편했을 내 품에서 소리 없는 휴식을 취했다. 외로웠던 것일까?

그의 작고 야윈 몸을 두 팔로 꼬옥 안아줬다. 처음으로 안아본 낯선 동물의 체취는 내 코끝을 통해 마음으로 전달되었다. 낯선 이에게 마음을 열고 다가오기까지 그 마음은 쉽지 않았을텐데… 그의 눈을 들여다보았다. 맑고 슬픈 눈동자를 가진 눈에선 뭔가를 간절히 원하고 있는 듯했다. 알 수 없는 교감을 나누고 내려놓으려 하자 결사적으로 내게 다가와 안겼다. 처음 본 낯선 이에게, 이렇게 짧은 시간에, 힘겹게 마음을 열고 정을 주어버린 그가 왠지 안쓰러웠다. 그의 눈동자에서 느껴지던 그 외로움과 알 수 없는 슬픔, 그 작고 연약한 검은 손과 가지런한 손톱 하나도 남김없이 가슴에 담았다. 그렇게 내 짧은 만남은 알 수 없는 감정들만 남기고 가슴 아프게 끝났다.

사람보다 더 아린 이별을 했을지도 모르는 그….

– 페루 아마존

사랑한다면 우리처럼

꾸스꼬 근교에서 유적을 보고 내려오는 길에서 사랑하는 사람들의 포옹과 만났습니다. 진정으로 사랑 가득한 이들의 몸짓에서 진한 사랑을 느낍니다. 아! 참 아름답구나! 속으로 감탄하면서 그들을 내 카메라에 안았습니다. 그들이 내민 손과 그 순간의 마음은 두고두고 기억에 남는 설레임입니다. 사랑한다면 우리처럼, 사랑한다면 이렇게라고 말하는 듯한 그 행복함이 마음으로 느껴집니다. 해가 저물어가는 그 잔잔한 오후에 내게 다가온 이들의 귀한 사랑에 박수를 보내며….

– 페루

ro de llamadas
Centro de llamadas
CHACALTAYA

빨래하는
소년

엄마를 도와 아마존 강에서 빨래하는 소년의 진지함이 나를 부끄럽게 한다.
난 얼마나 내 엄마를 도우며 살아왔는지….

– 페루 이키토스

이것이 사랑이다

사랑하는 아이를 위해 기꺼이 자신의 모든 것을 내어주는 것. 그 당당한 어머니의 모습이 아이에겐 한없이 포근한 품입니다. 그 품에 안겨 있는 지금이 아이에겐 가장 행복한 순간이겠지요. 자신을 내어주는 것, 이 땅의 어머니들만이 할 수 있습니다.

– 페루

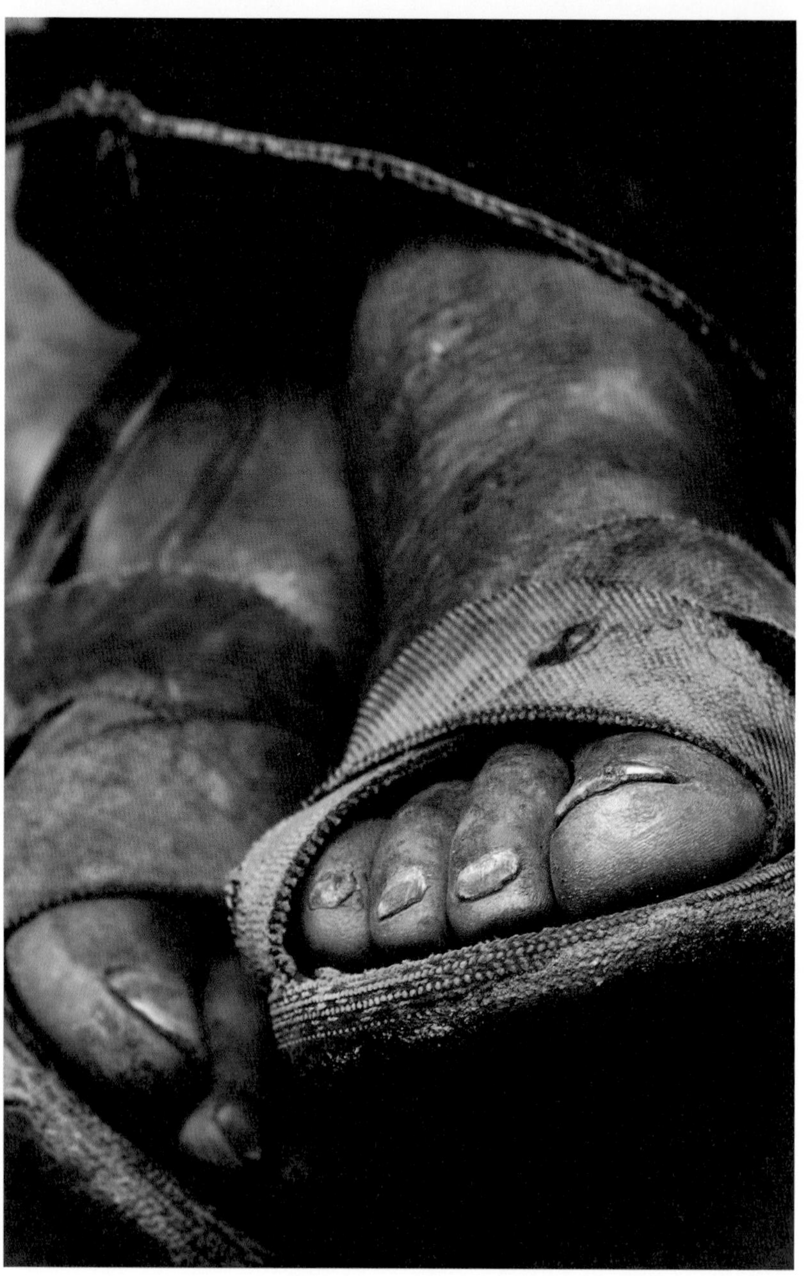

무릎을 꿇다

사진을 찍기 위해 바라보는 세상은 높은 곳이 아닌 낮은 곳입니다. 그 낮은 곳에서 무릎 굽혀 사진을 찍는 그 시간이 나에겐 행복입니다. 세상의 아픔을 바라보며 눈물 흘리며 사진을 찍어야 했던 숱한 시간들. 사진을 찍기 전에 사람을 먼저 사랑하자고 다짐했던 그 시간들. 사진은 취미가 아닌 내 자신이기에 때론 아프고 힘겹기도 합니다. 그러나 사진은 그 아픔보다 더 나를 행복하게 만들어 줍니다. 그래서 나는 사진을 합니다. 내 외로운 여행이 다른 사람들에겐 위안이 될 수도 있다고 믿기에.

– 페루

하나 되는 즐거움

할아버지의 미소는 나를 행복하게 합니다. 할아버지의 모습을 담는 내 마음도 덩달아 즐거워집니다. 어느 곳이나 사람 사는 모습은 같은가 봅니다. 풀을 한 아름 베어 산을 내려오는 이분의 모습을 보면서 오래전 시골의 할아버지를 떠올려 봅니다. 우리네 어르신을 닮은 이분의 미소가 오늘 나에겐 힘이 됩니다. 카메라를 들이대는 내게 멋진 미소를 보내주신 그 마음을 사랑합니다. 이 땅의 사람들에게선 이토록 진한 인간미가 넘쳐납니다. 그래서 나도 이들과 하나 되는 즐거움을 느끼며 여행을 하게 됩니다.

– 페루

광야에서

콘돌을 만나러 가는 길, 그 길과 대지의 광활함에 놀랍니다. 페루라는 나라는 도대체가 얼마만큼의 자연을 소유하고 있는 거야? 속으로 되뇌이면서 이들을 부러워합니다. 끝없이 펼쳐진 고원지대의 평야는 이곳을 처음 찾는 사람들에겐 분명 새로운 감동입니다. 가도가도 끝이 없을 것 같이 드넓은 이 평야에서 난 사랑을 노래합니다. 내가 선택했지만 예기치 못했던 선물을 한아름 받아든 기분입니다. 난 내가 지금 서 있는 이 땅과 하늘, 그리고 언제 내려와 앉았는지 모를 산 위의 눈들을 찍고 또 찍습니다. 오가는 것이라고는 간혹 여행자들을 실어나르는 자동차뿐입니다. 풀 한 포기 자라기 힘든 이 척박한 땅이 난 너무나 사랑스러웠습니다. 바람이 불어왔지만 그 바람을 피하지 않고 내 얼굴에 인사시킵니다. 날 기억해 달라고. 지금이라도 와서 참 다행이야! 스스로에게 위로의 말을 던집니다. 그리고 감사했습니다. 이토록 아름다운 모습으로 날 기다려준 이 땅과 하늘과 바람에. 이제 겨우 시작인 아레키파의 여정에서….

– 페루 아레키파

페루 아레키파의 첫 인상은 너무나 매력적이다.
공항에서부터 나를 사로잡은 묘한 분위기의 풍경.

미소가
아름다워

다른 사람에게 행복을 나눠줄 수 있는 마음은 어디서 오는 것일까요? 한번쯤 나로 인해 즐거워하는, 행복해하는 사람들의 모습을 보고 싶습니다. 그 사람들 속에 피어나는 즐거운 상상들을 함께 공유하고 싶습니다. 꽃 한 송이를 소중하게 생각하는 사람들, 나무 한 그루를 값지게 생각하는 사람들, 계곡의 흐르는 물을 소중하게 생각하는 사람들, 이들의 미소가 한없이 부럽습니다. 낯선 여행자에게 밝은 미소를 보내준 마음이 소중해집니다.

– 페루

길
위에서

길은 나에겐 특별한 무엇입니다. 난 길 위에서 외로움을 배웠으며, 길에서 사람을 사랑해야 하는 이유를 알았으며, 길에서 떠남과 돌아옴의 반복된 삶을 살았으며, 길에서 오지 않을지도 모를 사람을 무던히도 기다렸으며, 길에서 내 존재가치를 느꼈으며, 길에서 내가 떠나온 이유를 들을 수 있었으며, 길에서 세상이 줄 수 없는 휴식을 얻을 수 있었으며, 길에서 거기서 만난 사람들에게 진한 애정을 갖고 그들을 바라보게 되었습니다. 그렇게 길은 나에겐 무한한 사랑을 느끼게 하는 존재입니다. 이런 아름다운 길을 만나리라고는 상상도 하지 못했는데 순간 내 앞에 펼쳐진 이 길은 내가 떠나온 여행이 주는 선물입니다. 그 황홀한 길을 만난 이 시간 그 어떤 기쁨보다 설레는 맘으로 나를 돌아봅니다. 존재하는 충분한 이유들을 스스로 납득하면서….

– 페루

여행의 동반자

여행 중에 세월의 흔적이 고스란히 남아 있는 교회를 만나는 것은 참 행복한 일입니다. 그 아름다운 교회에서 나를 돌아보면서 휴식을 취합니다. 그때가 여행자가 느끼는 편안한 안식의 시간입니다. 감사의 기도를 드리는 그때 내 안에서 나를 부르는 그분의 음성을 듣습니다. 그 힘겨웠던 걸음을 가볍게 돌려주는 내 안의 존재. 하나님은 나에게 그림자같이, 하나님은 친구같이, 하나님은 내 어머니같이,

언제나 내 모든 여정의 귀한 동반자입니다. 느끼지 못하는 순간순간에도 나의 친구가 되어준 그분을 감히 사랑합니다. 그분이 없었다면 결국 내 자신도 없었음을 고백하며….

– 페루

사진은

사람이 그리울 때면 여행지에서 만난 사람들을 떠올려 봅니다. 혼자라는 생각에 외로워지면 나를 위해 환한 미소를 보내준 사람들을 생각해 봅니다. 사진이 때로는 위로가 되기도 하고 그렇지 않을 때도 있긴 하지만, 난 분명 여행에서 그들과 인사를 나눈 친구입니다. 돌아올 때의 시간은 너무 빠르게 추억을 생각하게 합니다. 다시 생각납니다. 그들과의 인사, 그들과 나눈 어설픈 한마디의 말도… 그렇게 사진은 내 안에 오래도록 남아서 추억을 만들어 줍니다.

– 페루

호기심

여행자는 여행지의 사람들을 관심 있어 하고 현지인들은 낯선 여행자를 호기심으로 바라봅니다. 그렇게 여행은 사람과 사람에게 관심을 주고받는 즐거움을 선물합니다. 사람들과의 만남, 그 사이에 여러 가지 어려움이 있지만 사람을 향한 관심과 사랑만 있다면 서로에게 좋은 친구가 되기도 합니다. 여행지에서 만났던 사람들을 찬찬히 생각해보면 말 한마디 나누지 않은 채로 친구가 된 사람들도 있습니다. 사람의 눈빛과 미소에는 수만 가지의 언어보다도 풍부한 감정이 담겨 있기 때문입니다. 이 꼬마의 관심과 호기심 또한 내겐 너무나 소중한 추억입니다.

– 페루

수줍은
미소

아마존의 정글에 사는 소녀는 사진 찍는 내내 부끄러워 몸을 숨기기에 급급하더니, 아쉬운 마음 안고 돌아가는 내 뒤로 보석처럼 빛나는 아름다운 미소를 선물해 줍니다.

- 페루 이키토스

지금도
여행은
계속되고 있다

이렇게 아름다운 세상이 존재하고 있었습니다. 이렇게 기억에 남는 사진을 찍을 수 있는 행운이 내게도 찾아왔습니다. 이곳에서의 소중한 추억을 여기에 두고 올 수 있었습니다. 이런 곳으로 떠난 내 여행의 시간은 돌아온 지금 더 소중한 감정들을 토해내고 있습니다.

– 페루

PUMA

소년들

페루 띠띠까까 호수의 아만따니 섬에서 살고 있는 소년들입니다. 하루 일을 마치고 집으로 돌아가는 길에 포즈를 취했습니다. 해는 호수 뒤로 몸을 감추고 이 꼬마들은 지친 몸을 숨기러 집으로 돌아갑니다. 우리가 살고 있는 이곳과 이 꼬마들의 일상은 너무나 다른 것 같습니다. 행복의 기준은 사람마다 다르지만 난 이 꼬마들의 눈부시도록 건강하고 까만 피부가 부럽기만 합니다.

– 페루 띠띠까까 호수

굿바이 소년

굿바이 소년이라고 들어보셨나요? 페루, 구름 위의 도시라는 마추피추에 사는 소년입니다. 이 소년의 직업은 마추피추를 보고 돌아가는 버스를 따라 내려오면서 관광객들에게 '굿바이!'를 외치는 일입니다. 이 소년은 버스가 모서리를 돌면 산을 가로질러 내려와 손을 흔들며 애절한 목소리로 굿~바~이를 목청껏 외칩니다. 정상에서 산 아래까지 열개가 넘는 모퉁이를 버스와 경쟁하듯 달려오는 이 꼬마의 열심은 세상에 나태해져가는 내 자신을 다시금 돌아보게 합니다. 버스가 종점에 도착하면 버스에 올라와 애절한 목소리로 굿 ~ 바 ~ 이! 를 외치고는 고사리 같은 손으로 모자를 벗어 정중하게 손님들 앞에 내밉니다. 도저히 지나칠 수 없는 이 소년의 열심은 결국 내 가진 것의 일부를 흔쾌히 내어놓게 하지요. 세상에 참 많은 직업이 존재하지만 이 꼬마의 직업이 되어버린, 세상에 단 하나뿐인 굿바이 소년. 어쩌면 위험천만해 보이는 직업이 이곳을 찾는 사람들에게 또 하나의 추억을 선물합니다.

– 페루 마추피추

그리운
아이들

페루의 띠띠까까 호수에 사는 이 아이들은 갈대로 만든 섬에서 생활합니다. 어쩌면 세상에 태어나 한 번도 흙을 밟아보지 못했을지도 모를 이 꼬마들에게는 세상이 이해하기 힘든 미소와 눈동자가 있습니다. 눈부시게 빛나는 호수를 닮아서일까요. 투명한 미소와 자신만만한 표정이 오히려 내겐 안쓰러움으로 다가옵니다. 인간의 행복 기준을 한 가지로 단정 지을 수 없음에도 난 여전히 내가 살아온 기준으로 사람들의 행복을 가늠해버리는 어리석은 인간입니다. 짧은 만남과 이별, 그 공간을 이어주는 무언의 대화. 내 카메라의 셔터 소리에 행복해하던 이 아이들이 그립습니다. 사진 한 장 보내주지 않을 야박한 사진사에게 애써 포즈를 취해주던 순수함. 아직도 이 아이들은 호수 위에서 살고 있겠지요.

– 페루 띠띠까까 호수

틀
깨기

여행은 내가 갖고 있는 영역이 얼마나 제한되어 있는가를 알게 해줍니다. 그런 느낌을 들게 했던 모습입니다. 남자가 손뜨개질을 한다는 것, 분명 내가 살아가는 세상에서는 낯선 모습입니다. 그러나 이 사람에게는 자연스러움이겠지요. 내가 갖고 있는 고정관념, 또 한 가지가 깨어지는 순간입니다. 세상을 바라보는 내 눈과 마음은 자유로운 세상을 향한 도전으로 가득차 있습니다. 아주 어린 아이의 호기심처럼 말입니다.

– 페루 따낄래 섬

prodem

개구쟁이들

볼리비아에서 만난 아이들. 사진을 찍는 동안 한시도 가만히 있지 않아 정신없게 했던 친구들. 내 카메라를 자기들의 장난감인양 한 장 찍으면 달려와 보여달라 하고, 그렇게 반복된 행동들 속에서 편한 친구가 되어준 꼬마들. 마지막 단체 사진을 찍을 때도 서로 밀고 넘어뜨리고 하는 놈들 때문에 사진 찍기가 너무 힘들었다… 그래도 이 친구들 덕분에 짧지만 좋은 시간을 가질 수 있었지.

잘 있겠지?
아니면 여전히 개구쟁이 모습으로 여행자들을 괴롭히고 있을까?

– 볼리비아

Children

꼬마야

낯선 사람을 바라보는 어린아이의 눈동자에서 호기심이 묻어납니다. 앞에 서 있는 사람이 지금 무엇을 하고 있는지 궁금해하는 표정이 느껴집니다. 어린아이를 보고 흔히 천사라고 합니다. 아이의 생각과 관심이 무엇인지 어른의 생각으로 이해하기는 참 어려운 일입니다. 나도 저렇게 천진난만한 때가 있었다는 사실이 새삼스럽습니다. 며칠 동안 함께 지낸 때문인지 경계심을 푼 이 아이의 맑은 눈동자에서 이별의 아쉬움도 느껴집니다. 이별의 안타까움은 결코 어른들만의 것이 아닌 모든 사람들이 느끼는 공통된 감정입니다. 이 한 장의 사진을 마지막으로 별처럼 빛나는 꼬마의 눈동자를 뒤로 하고 길을 떠나왔습니다.

– 볼리비아

희망

가야할 길을 가는 사람에겐 희망이 있습니다. 가족을 위해 자신을 희생하는 사람에겐 행복이 있습니다. 셀 수 없을 만큼 여러 번 허리를 굽혀 모은 나무를 등에 지고 집으로 돌아가는 여인의 힘겨운 하루는 그를 기다리는 가족에겐 희망입니다.

그 희망을 발견하고 셔터를 누르는 내겐 또 다른 희망이 생겨납니다.

– 볼리비아

반가운
곳

황량한 사막과도 같은 척박한 땅에 세워진 작은 마을. 사람의 모습을 발견하기조차 어려울 정도로 조용한 마을에 들어서면 내가 너무나 멀리 떠나왔음을 느낍니다. 도대체 이곳의 사람들은 어디에 있는 것인지… 그렇게 쓸쓸한 마을에서 만나는 작은 교회. 내겐 너무 반가운 곳입니다. 들어가보지 않아도, 기도를 하지 않아도 이런 풍경은 내 마음을 들뜨게 합니다.

– 볼리비아

눈물
나는
사진의 축복

사람이 행복해지는 여러 가지 이유 중에 난 좋은 사진을 찍을 때 내 자신이 행복해지는 것을 느낍니다. 이번 여행에서 얻은 수많은 사진 중에 내 마음을 그렇게 만들었던 사진입니다. 볼리비아의 황량한 고원지대에서 믿을 수 없을 만큼 아름다운 모습으로 나를 반겼던 곳, 세찬 바람을 온몸으로 받아내며 미친 듯이 사진을 찍었던 이곳이 나를 울렸습니다. 나도 모르게 눈에서 흐르는 눈물을 삼키며 스스로에게 하던 말, 정말 잘 왔어! 정말 잘 온 거야! 안 왔으면 어쩔 뻔했어! 그렇게 내 자신을 스스로 격려하고, 그렇게 행복에 겨워하던 시간이었습니다. 그 행복을 담아내던 내 가슴과 그 행복을 한없이 즐기던 내 눈은 새로운 세상이 주는 만족감에 어찌할 줄을 몰라 바보처럼 허둥댔습니다. 사진 찍는 사람이 사진을 찍으며 눈물을 흘릴 수 있는 특별한 축복. 그 축복의 시간을 누리고 돌아온 지금, 다시 한 번 이 사진 속의 나를 찾아봅니다.

– 볼리비아 우유니

감동이란

감동이란 가슴으로부터 불어오는 바람이다.
그 바람을 삼켜내며 난 내 스스로에게 약속했다.
꼭 다시 올 거라고.

– 볼리비아 우유니

나는
행복했다

이곳에 내가 있었습니다. 이곳에 내가 토해낸 감동이 남아 있습니다. 이곳에서 내가 얼마나 행복했는지 아무도 모릅니다. 오로지 내 뛰는 가슴과 눈물 머금은 행복한 눈동자만이 나를 축하해 주었습니다. 힘겹게 찾아온 내 등을 두드려주던 곳, 정말 잘 왔다고 격려해주던 바람과 하늘에게 감사합니다.

– 볼리비아 우유니

.FRATI cC SCHOENHAUSER ALLEE 73 BERLIN

거리에서
연주하다

독특한 복장의 남자가 악기를 연주합니다. 한 번도 들어본 적 없는 이상하게 생긴 악기에서는 잔잔한 가락이 울려나와 도시를 수놓습니다. 가던 걸음 멈추고 귀를 쫑긋 세우는 사람들…
손으로 돌려 악기를 연주하는 남자의 표정은 굳어 있지만, 연주를 듣는 사람들의 마음은 어느새 악기소리와 함께 녹아 갑니다.

– 멕시코 멕시코시티

호기심

까만 눈동자가 유난히 아름다운 꼬마의 호기심이 바쁜 걸음을 멈추게 합니다. 가까이 다가가 말하고 싶지만, 친해지고 싶지만, 여전히 쑥스러운 소녀는 끝내 몸을 밖으로 내놓지 못합니다. 낯선 이에게 마음을 연다는 것, 참 어려운 일입니다.

– 멕시코 미뜰라

거리의
악사

남미에서는 나이 지긋한 분들이 기타를 들고 다니는 모습을 자주 볼 수 있습니다. 페루에서도, 멕시코에서도, 칠레의 공원에서도… 이분들이 부르는 노래는 나그네에겐 신선한 즐거움입니다. 관광지에 가면 낡은 기타를 치며 노래 부르는 사람들이 많습니다. 비록 이름 없는 거리의 악사일 뿐이지만 이들이 부르는 노래는 분위기가 그만입니다. 공원의 노천카페에서 노래 부르던 허름한 차림의 노신사도 생각나고 멕시코시티 광장을 걷던 이 노신사도 생각납니다. 지금도 사람이 모여 있는 공원에서 목소리를 뽐내고 있을테지요.

– 멕시코 멕시코시티

누구입니까?

누구나 같은 이유를 안고 여행을 떠나지는 않습니다. 같은 곳에 있다 해서 모두가 같은 곳을 보는 것은 아닙니다. 내가 무심히 지나친 그곳에서 당신의 모습은 너무나 특별한 의미를 갖고 있는 것 같았습니다. 살아온 시간이 다르듯이 우리가 바라보는 것들의 의미 또한 너무나 다릅니다. 잊을 수 없습니다. 그런 당신의 모습을… 같은 곳을 여행했지만 당신은 나보다 행복한 사람이었습니다.

– 멕시코 치첸이사

사랑하면

사랑하면 꼭 이렇게 하렵니다. 사랑하면 꼭 빨강 옷 입고 키스하렵니다. 사랑하면 꼭 공원에서 그리고 많은 사람들 앞에서 이렇게 하렵니다. 사랑하면 가슴에 담아온 말들을 고백하렵니다. 그것도 계단이 있는 공원에서 말입니다. 과연 그럴 대상은 언제 나타날까요?

– 칠레 산타루치아 공원

가장
행복한 일

오늘도 비둘기에게 줄 먹이를 준비해 공원에 나왔습니다. 이 공원의 비둘기들은 나를 기다리고 "반가운 인사와 함께 내 손에 입맞춤하는 그들의 귀여운 모습이 너무나 사랑스러워 이렇게 매일 이곳에 온답니다." 초라한 비닐봉지에 담아온 모이를 주는 할아버지의 행동 하나하나가 너무나 진지해 보입니다. 비둘기들을 위해 준비한 먹이를 꺼내 공원 한가운데 자리를 잡으면 어디서 모여 들었는지 순식간에 비둘기 떼가 할아버지를 에워쌉니다.
하루만의 해후… 그렇게 오늘도 비둘기들과 그 비둘기를 사랑하는 할아버지는 소중한 친구가 되어 추억을 만들어 갑니다.

– 칠레 산티아고 중앙공원

OFF ROAD

내가 살아가는 이유

비록 나를 위해 포즈를 취한 것은 아니었지만, 난 더 기쁜 마음으로 이 사진을 찍었습니다. 감동은 스스로에게 오는 것이며 그 감동을 느끼는 것은 자신만이 아는 행복입니다. 행복은 남이 평가해주는 것이 아니라 내 스스로 느끼는 만족입니다. 무언가에 미쳐 사는 삶, 그것처럼 행복한 일이 또 있을까요? 이 사진을 찍은 후 기쁨에 겨워 앗싸! 하고 고함을 쳤던 그 순간이 내가 만들어가는 행복입니다. 물질적으로 부유하진 않아도, 명성을 얻진 못했어도 카메라를 어깨에 메고 나갈 그런 여유가 있다면 그 자체로 만족입니다.

– 캐나다 밴쿠버

빙하에 핀
사랑

정상을 오르는 이유는 저마다 다를 수 있습니다. 사랑하는 사람과 함께 하고픈 그 간절함이 결국 이들을 이곳에 오게 했는지도…. 웅장하다기보다는 아름답다는 표현이 더 적절한 아사바스카 빙하에 오르면 사람들은 그 아름다운 풍광에 입을 다물 줄 모릅니다. 여기저기서 터져 나오는 빙하와 눈을 뒤집어쓴 바위산은 그야말로 자연이 만들어낸 아름다움의 극치입니다. 눈이 부셔서 제대로 눈을 뜨기도 어려운 찬란한 이곳에서 설상차를 타고 빙하를 올라가는 감격은 록키 산을 찾는 사람들에겐 두고두고 잊혀지지 않을, 자연이 인간에게 선사하는 선물입니다. 이 먼 곳까지 불편한 몸을 이끌고 온 할아버지의 열정도 놀랍지만, 사랑하는 사람을 위해 함께 이곳을 찾은 부인의 사랑이 눈물겹도록 아름답습니다. 같은 곳을 바라보는 그들의 모습을 카메라에 담으면서 얼마나 가슴이 떨렸는지 모릅니다. 노부부의 활짝 핀 밝은 웃음은 내가 평생 본받으면서 살아가야 할 모습입니다. 그렇게 살 수 있기를, 꼭 그렇게 살 수 있기를 바라면서 빙하를 내려왔습니다.

– 캐나다 록키 산

뉴욕의 휴식

한 달간의 뉴욕 여행은 내게 많은 의문을 던져줬습니다. 왜 사람들이 뉴욕이라는 도시를 그토록 그리워하는지. 뉴욕이라는 도시를 평가하기에 난 너무나 짧은 시간을 이곳에 존재했었지만, 시간이 많이 지난 지금도 이 도시는 내게 많은 그리움을 남깁니다. 처음 대한 거리의 낯섦조차도 왠지 모를 친근함으로 다가온 곳. 영화나 매스컴을 통해 익숙해진 눈 때문이었을지도 모르지만… 소호거리를 걸으면서 흡사 유럽의 어느 도시에 와 있다는 착각에 빠지기도 하고. 거리에서 만나는 사람들의 모습에서 느껴지는 자연스러운 멋도 오랜 시간 기억될 것입니다. 거리에서 자연스럽게 끼니를 때우는 이 남자의 모습에서 느껴지는 편안한 멈춤이 내가 꿈꾸는 모습일지도 모른다는….

– 미국 뉴욕

아! 꾸스꼬,
마추피추를 만나다
Cusco & Machu Picchu

남미로 가는 길은 너무나 멀었다.

인천공항을 출발해서 비행기를 네 번 갈아타야 했다. 그렇게 지구 반대편의 나라 페루에 도착하는 데 꼬박 36시간이 필요했다. 온몸은 파김치처럼 늘어질 대로 늘어졌다. 그러나 페루의 수도 리마를 거쳐 꾸스꼬로 향할 때는 그동안의 피곤함이 오히려 묘한 설레임으로 바뀌어서 가슴이 두근거리기 시작했다. 아레키파를 경유하며 기내에서 콜카캐니언의 모습을 만나자 머리 속은 앞으로 펼쳐질 페루 여행에 대한 기대감으로 가득찼다.

동체가 좌우로 한 번 흔들리더니 황톳빛 고원 도시가 기내로 가득차 들어온다. 드디어 비행기가 꾸스꼬에 도착한 것이다. 작지만 깨끗하게 단장된 공항을 빠져나오니, 이곳이 페루구나 할 정도로 특색 있는 모습들이 눈에 띈다. 공항에서 꾸스꼬 시내까지는 자동차로 30분 정도 걸리는데, 공항 근처와 꾸스꼬 시내의 풍경은 영 딴판이다. 집들은 온통 붉은 빛깔이고 벽은 하얀 석회를 발라서인지 운치가 있다. 길에

는 커다란 보따리를 동여매고 총총히 걸어가는 인디오 아줌마의 모습이 보인다. '내가 정말 페루에 왔구나.'

좁은 골목을 돌아 꾸스꼬의 상징인 아르마스 광장에 도착했다. 아름답다는 탄성이 여기저기서 터져 나온다. 유럽의 여러 성당을 봤지만 이곳의 대성당은 규모나 아름다움이 가히 환상적이라 할 만큼 훌륭하다. 바로크 양식의 거대한 성당은 1560년 잉카의 비라코차(잉카인들이 숭배한 신) 신전을 허물고 100여 년의 긴 세월에 걸쳐 만들어졌다고 한다. 성당 내부는 겉모습보다 더 화려해 눈이 휘둥그레진다. 그 중 나무를 섬세하게 조각해 만든 제단과 호사스런 드레스를 입은 성모상, 검은 예수상이 특히 인상적이다. 정복자들은 예수가 잉카의 신보다 더 위대하다는 것을 원주민들에게 주입시키기 위해 이런 성당을 지었다고 한다. 사실 성당의 화려함과 웅장함은 엄청나지만, 그 성당을 터전으로 살아가는 이곳 사람들에게 성당은 정신적인 안식처일 것이다.

잉카는 11세기에 태동하여 16세기까지 위세를 떨쳤던 대제국이었다. 스페인 정복자들은 잉카 문명을 파괴하고 그 자리에 유럽식 건물들을 지었다. 잉카의 석조 건물, 태양의 신전 위에 교회를 세운 산토도밍고 성당이 대표적인 예다. 반듯하게 마름하여 정교하게 쌓아올린 외벽과 조그만 창으로 연결되는 내부 신전에서 잉카 문명의 흔적을 찾을 수 있다. 1953년 지진으로 성당이 많이 부서지면서 원래의 건축

물이 드러났는데, 교회의 동의 아래 재건축을 진행하면서 일부 벽들을 보전하기로 했다. 왜 하필 잉카 조상들의 얼이 담긴 이곳에 성당을 지었을까? 자신들의 뿌리가 눌리고 파괴된 잉카인들이 왠지 안쓰럽다.

꾸스꼬는 여행자에게 그리 녹록한 곳이 아니다. 고도가 3,000미터에 가까워 조금만 걸어도 숨이 턱에 찰 정도다. 사람마다 차이는 있지만 가끔 머리도 아프고 심할 경우 구토증세와 함께 방망이로 얻어맞은 듯 온몸이 욱신거리기까지 한다.

시내 뒤를 돌아 언덕을 오르니 사진으로만 보던 잉카의 요새 삭사후아만이 펼쳐진다. 이곳의 돌들은 사람의 키를 훌쩍 넘을 정도로 엄청나게 큰데, 자연석이나 거칠게 처리된 마름돌을 가지고 '막쌓기'를 하여 축조되었다. 큰 돌의 경우 보통 8개 이상의 돌과 맞물려 다양한 각을 이루고 있다. 너무나 잘 들어맞게 축조되어 있어 처음부터 여기에 짜 맞추어 쌓을 수 있도록 태어난 돌처럼 보인다. 그 큰 바위를 철기나 수레를 쓰지 않고 청동 끌과 돌 도구로만 다듬어 불규칙하게 쌓아 올렸다는 사실이 신기할 따름이다. 사실 잉카의 그 어떤 것이 신기하지 않을 수가 있단 말인가?

꾸스꼬의 야경은 그 어느 곳보다 아름답다. 밤이면 여행자들과 현지인들이 한데 어우러져 광장을 가득 메우고 야경에 취한 채 하루를 마무리한다. 고산지대인 꾸스꼬의 날씨는 습하고 춥다. 숙소로 정한 유스호스텔은 더운 물이 나오긴 하지만, 난방이 되지 않아 옷을 여러 겹

껴입고도 담요를 세 장이나 덮고 자야했다. 그럼에도 아침에 일어나면 온몸이 추위에 얼어붙는다. 그나마 다행스러운 것은 아침에 마시는 따뜻한 꼬까잎차 한 잔이다. 꼬까잎차는 추위를 이기게도 하지만 고산병에도 도움이 된다. 코까잎을 말려 더운물에 띄워 마시는 차 한 잔은 이곳에서 하루를 지탱하는 힘이 된다.

마추피추에 가기 위해서는 여행사에 예약을 넣고, 팀이 만들어진 다음 함께 등반해야 한다. 초행길의 여행자에게 3박 4일을 가야 하는 트레킹은 사실 만만한 프로그램이 아니다. 셀파 및 포터들과 한 팀이 되어야 등반을 할 수 있을 정도다. 꾸스꼬를 출발해 오얀타이탐보 마을에서 음식을 추가로 구입한 뒤 출발지까지 가는 데 1시간 남짓 걸렸다. 코까잎에 싸서 어금니에 물고 즙을 내면 고산병이 덜하다는 코까 덩어리도 샀다. 덜컹거리는 차창 밖에는 우루밤바 강을 따라 노란 꽃이 피어 있고 그 사이로 마추피추행 열차가 지나가는 풍경은 스위스의 산악열차 생각이 날 정도로 아름답다.

정오에 도착하는 바람에 점심부터 먹기로 했다. 셀파와 포터들은 빠른 손놀림으로 텐트를 치고 간이식당을 만든다. 시간이 얼마 지나지 않았는데 근사한 식사가 준비되었다. 첫 번째 식사는 '소파(수프) - 스파게티 - 차' 순이다. 이곳 사람들은 야외에서 식사를 준비하면서도 결코 소홀히 하는 법이 없다. 꼭 텐트를 치고 테이블을 만든 후에 테이블 크로스를 입힌다. 그럼 근사한 식탁이 만들어지는데, 그 위에

순가락이나 포크를 놓을 때도 꼭 냅킨을 깔 정도로 정성이 지극하다.

식사를 마치고 매표소에서 입장권을 받은 다음 두려움반 설레임반으로 길을 나섰다. 강에는 '카미노 델 잉카(Camino del Inca)' 라고 적힌 입간판이 있다. 매표소를 지나 다리를 건너면 본격적인 트레킹이 시작된다. 잉카 트레일을 따라 마추피추까지 가는 4일간 36킬로미터의 여정 중 첫날은 비교적 완만한 길로 4~5시간을 걷게 된다. 파란 하늘과 멀리 보이는 만년설이 운치를 더한다. 그러나 한편으로는 저렇게 멀리 보이는 산을 넘어야 한다고 생각하니 일순간 아찔해진다. 길은 완만하지만 고산지대라서 조금만 걸음을 빨리해도 숨이 불규칙해진다. 그런데 셀파들은 그 길을 텐트와 취사도구 등을 등에 지고 빠르게 지나간다. 저녁식사와 잠자리를 위해 먼저 캠핑장으로 가

는 것인데, 맨발에 샌들을 신고 얇은 옷을 걸친 것이 차림의 전부다. 굵은 땀방울을 흘리며 무거운 짐을 힘겹게 지고 가는 모습을 보자 적이 미안해졌다.

몇 번의 오르막길을 지나 만나는 첫 번째 넓은 평지는 아래가 까마득한 절벽이다. 바로 아래 강 옆으로 계단식 경작지와 유적지가 눈부시게 펼쳐져 있고, 뒤로는 안데스의 만년설이 병풍처럼 둘러싼 멋진 곳이다. 사람들은 저마다 처음으로 만난 명미한 풍경을 놓칠세라 카메라 셔터를 바삐 눌러댄다.

첫날 묵을 곳은 작은 마을인 와야밤바(Wayllabamba)인데, 포터들이 먼저 도착해 텐트를 친 뒤 밥을 짓고 있었다. 밤이 되니 앞뒤 분간이 안 될 정도로 깜깜하다. 포터들이 정성껏 마련한 식사를 마치고 텐트 안으로 들어가다 무심코 올려다본 하늘에선 맑은 별이 금방이라도 쏟아질 듯이 아름답다. 그야말로 '별천지'다. 내일은 4,200미터 고지를 통과해야 하기 때문에 더 힘들 것이라고 하지만, 이젠 두려움보다는 기대감이 앞선다. 우리를 반기는 별들의 속삭임 속에 그렇게 첫날밤이 저물었다.

텐트 밖에서 누군가가 부르는 소리가 들린다.

아미고스! 아미고스! 텐트 밖에서 들리는 소리에 졸린 눈을 비비며 내다보니 아직도 어둠이 가시지 않은 이른 시간인데, 포터 두 명이 한 손에는 꼬까차를 또 다른 손에는 설탕을 쟁반에 받쳐 들고 서 있다.

어느새 일어나 여행자들을 위해 차를 끓이고 그 차를 나눠주는 이들의 모습은 새삼 객을 대접한다는 것이 무엇인지를 일깨워준다. 비록 돈을 받고 이 힘든 일을 하지만, 이들의 표정에서 일로 인한 짜증이나 피곤함은 조금도 발견할 수가 없다. 3박 4일 동안 무거운 짐을 지고 자신의 손님을 위해 잠자리와 식사를 준비하는 이들이 받는 돈은 20달러에 불과하다. 한기에 떨고 피곤에 지친 몸은 이들이 정성스레 준비한 차와 식사로 어느 정도 풀렸다. 몸에서 조금씩 훈기가 느껴질 정도로….

이제 트레킹 중 가장 힘들다는 두 번째 날이다. 첫날보다 거리는 짧지만 4,200미터의 고산지대를 통과해야 하는 코스다. 트레킹을 하다 보면 각국에서 온 다양한 사람들을 자주 만나게 된다. 서로 앞서거니 뒤서거니 하면서 얼굴을 익혀온 여행자들은 간단한 눈인사로 서로에게 힘을 복돋워 주기도 한다.

캠프를 떠난 지 2시간이 지나면서 다리가 풀린다. 눈앞의 아름다운 풍경은 지친 몸 때문에 더 이상 눈에 들어오지 않는다. 셀 수 없이 후회를 했다. 왜 이토록 힘이 드는 이곳을 왔을까 하는. 자신에게 수없이 되물으며 걸어야 했던 길. 앞서간 사람들이 얼마나 부러웠던지 모른다. 도저히 마지막까지 함께 할 수 없을 것 같았으나, 그렇다고 이제는 돌아갈 수도 없을 만큼 와 있었다. 정상으로 이어진 계단과의 싸움은 잘 펴지지 않는 허파를 재촉하지만, 혈액순환 부조화로 인한 다리

저림 때문에 몇 걸음 못 가서 바닥에 주저앉아 버리기 일쑤다. 1,000년 전에 만들어 놓았다는 잉카 트레일을 따라 걷는 사람들, 그 길을 수없이 올랐을 셀파와 포터들의 삶이 새삼 위대해진다. 겨우 카메라 가방 하나 달랑 짊어진 채 힘겨워하는 나는 자신보다 더 큰 배낭을 메고 묵묵히 걸어가는 이들 앞에서 한없이 작아졌다.

4,200미터 정상은 눈으로 덮여 있었다. 어쩌면 가장 힘들다는 둘째 날, 그것도 가장 높은 봉우리에 오르니 지친 다리에 조금씩 생기가 돈다. 정상에서 바라보는 풍경은 그야말로 신비롭다. 힘들게 올라온 자만이 느낄 수 있는 성취감을 맛보며 잠시의 휴식을 뒤로한 채 길을 재촉한다. 이제부터는 내리막길이라서 비교적 쉬울 것이라는 말에 힘이 난다. 그러데 갑자기 비가 내린다. 돌로 만들어진 길이 미끄럽다. 조심스럽게 걸음을 옮기며 도착한 둘째 날 캠프는 계곡 아래 아담한 곳에 자리하고 있다. 미리 도착한 셀파와 포터들은 벌써 텐트를 쳐놓고 저녁식사 준비를 하고 있다. 가려 있던 경치들이 구름이 물러가면서 그 아름다움을 드러내는데, 폭포가 너무나 인상적이다. 그렇게 둘째 날 밤은 여행자를 편안히 맞이한다.

셋째 날은 지금까지의 과정 중 비교적 수월한 일정이라고 한다. 경사가 완만해서 오르내릴 때 숨이 턱에 차는 고통이 없어, 트레킹 내내 주변의 꽃들과 경치를 감상할 수 있다. 초행자들에게는 여전히 어렵지만 3일째 바라보는 안데스 산의 경치는 가장 아름답게 느껴진다. 어두워져 도착한 캠프촌은 샤워 시설과 테이블이 있고 실내에서 맥주 한 잔을 마실 수 있는 장소로 만들어졌다. 이곳에서는 여행자들이 지금까지의 일정을 되돌아보며 지나온 시간을 추억한다. 또 내일이면 헤어지는 포터들과 마지막 인사를 나누는 장소이기도 하다. 내일이면 마추피추를 볼 수 있다는 가벼운 흥분을 가라앉히고 가까스로 잠자리에 들었다.

일출을 보기 위해 새벽에 길을 나섰는데 아쉽게도 하늘의 구름은 걷히지 않았다. 트레킹 내내 비교적 좋은 날씨를 경험해 별 걱정을 하지 않았는데 아쉽게도 결국 일출을 보지 못했다. 3시간가량을 걸었을까. 앞서가던 일행들이 환호성을 지른다. "마추피추다!" 눈물이 날 만큼 가슴이 뛰었다. 그렇다! 바로 앞에서 구름 속의 공중 도시 마추피추가 그 고고한 자태를 드러내고 있었다. 마추피추는 실로 엄청나다. 금방이라도 심장이 멈출 것 같은 감동이 밀려온다. 그저 아무 생각 없이 마추피추의 웅장함에 정신이 아득해진다. 귀족들의 거주지에서 농민들의 계단식 농지까지 마추피추는 변함없는 신비함으로 여행자들을 맞았다. 사람들은 1시간가량 마추피추를 바라보며 움직이지 못했다. 지금까지의 고생은 어느새 안데스 산 속으로 날려버리고 서로 포옹을 하는 사람들, 눈물을 흘리는 사람들, 조금이라도 더 좋은 장면을 찍기 위해 연신 카메라 셔터를 누르는 사람들… 모두가 이곳까지 함께 온 여행의 동반자들이다. 해가 뜨지 않아 선명하진 않지만 그저 마추피추가 있다는 사실 하나만으로 사람들은 감격스러워했다. 이것이 바로 마추피

추의 힘인 것이다.

마추피추는 그 외형만으로도 사람을 압도한다. 해발 2,400미터의 높은 산봉우리 정상을 개간해 만든 도시라는 사실이 우선 놀랍고, 계단식 밭, 넓은 시가지, 중앙 광장, 태양신 신전, 왕족의 궁전, 그리고 서민들의 주거지역에 이르기까지 완벽하고 정교한 석조 건축술에 의해 탄생한 도시라는 사실에 경탄을 금할 수 없다. 한꺼풀 안쪽으로 들어가면 너무나 많은 역사적 사실에 다시 한 번 경의를 표하게 된다.

마추피추는 크게 두 부분으로 나눌 수 있다. 그 경계선이 되어주는 것은 동서를 잇는 커다란 층계와 높은 방호벽, 그리고 수로다. 북쪽은

도시구역이고 남쪽에는 고저지대 농업지구가 위치한다. 도시구역은 다시 중앙 광장을 중심으로 서부 도시구역인 하난(Hanan)과 동부 도시구역인 후린(Hurin)으로 갈라진다. 왕궁, 탑, 신전 등 권위적이고 종교적인 건축물로 뛰어난 조형성을 특징으로 하는 서부 지역에 비해 동부 지역은 주로 대중 집단을 위한 주거와 작업 공간으로 특징지어진다.

마추피추의 유적들에는 놀랄 만한 과학성이 담겨 있다. 특히 물이 귀한 고지임에도 불구하고 뛰어난 '물관리' 능력을 보여준다. 이는 수원

지처럼 깨끗한 수로와 정밀하게 조각된 16개의 분수가 있었기에 가능했다. 산에서 내려와 아래쪽 샘에서 모아진 물은 수로를 따라 흘러가면서 16개나 되는 분수로 힘차게 뿜어져 나온다. 각각의 분수는 보다 위쪽에 위치한 이전 분수로부터 물을 끌어와 육면체의 저수통에 쏟아 붓는다.

모든 것이 멈춰선 것 같은 공중 도시 마추피추는 그렇게 단번에 사람들의 마음을 훔쳐가버렸다. 새삼스레 산행을 함께 했던 포터들의 수줍은 미소가 떠오른다. 그들이 신고 있던 검정 샌달 사이로 비죽 불거져 나온 검은 발가락. 어쩌면 나는 그것을 가난이라고 단순하게 생각했다. 그러나 그들은 내게 없는 부유를 안고 살아가는 사람들이다. 적어도 내가 고통스러워했던 안데스 산을 품에 안을 수 있는 넉넉한 가슴이 있으니까.

비행기를 30시간 넘게 타고 도착한 페루의 꾸스꼬. 시간이 정지한 것 같은 인디오들의 울긋불긋한 예스런 복장과 하얀 담벼락 속에 감춰진 이들의 가난은 우리 기준으로 생각하면 마음이 아프다. 그러나 잉카 트레킹에서의 값진 경험은 세상은 한 가지 기준으로만 판단하면 안 된다는 소중한 진리를 다시금 일깨워 주었다.

잉카의 단군신화
띠띠까까 호수

가야할 곳이 있다는 것,

꿈꾸던 곳이 마음에 남아 있다면 그것 또한 내 자신에게 빚을 지고 사는 것이다.

야간버스는 꾸스꼬의 수정같이 아름다운 야경을 뒤로한 채 푸노로 가기 위해 버스 터미널로 향했다. 터미널에는 각국에서 온 여행자들이 자리를 차지하고 있었다. 7시간이 넘는 긴 여정이라서인지 버스를 타는 사람들은 단단히 준비를 하고 탄다. 국내에서 5시간 이상의 여행을 경험하지 못한 내게 이곳의 버스 여행은 쉬운 일이 아니다. 더군다나 밖의 경치를 전혀 볼 수 없는 야간 이동은 더욱 그렇다. 버스는 생각했던 것보다 상태가 나쁘지 않다. 비록 다리를 다 뻗을 수 있을 정도는 아니지만, 7시간 정도는 충분히 견딜 수 있을 것 같은 기분이 든다.

마추피추의 트레킹으로 지친 탓인지 버스가 꾸스꼬를 빠져 나가자마자 잠이 들어버렸다. 중간 중간 사람들이 타고 내리는 느낌이 들었지만, 눈을 뜨기조차 힘들 정도로 지친 몸 때문에 푸노에 도착하는 내내

한 번도 의자에서 일어나지 못했다. 그렇게 얼마를 지났을까. 버스가 멈춰서고 사람들이 자리에서 모두 일어났다. 목적지인 푸노에 도착한 것이다.

푸노는 띠띠까까 호수 주변의 작은 도시 중 하나지만, 호수를 방문하기 위한 도시 혹은 볼리비아 국경을 넘는 기점이 되는 도시라서 여행자들로 붐비는 곳이다. 차창 밖은 아직 어둡고 고산지대라 그런지 날씨가 제법 쌀쌀하다. 운전기사는 여행자들이 오전 5시까지 버스 안에서 머물 수 있도록 배려해준다. 그렇게 2시간을 버스에서 있으려니 저만치서 어슴푸레하게 호수가 모습을 드러내고 호수를 안으며 붉은 해가 떠오른다. 오랫동안 마음 한가운데 자리잡았던 바로 띠띠까까 호수다.

띠띠까까 호수는 해발 3,850미터에 위치하고 있어 항해가 가능한 호수로는 세계에서 가장 높은 위치에 고여 있다. 면적만 해도 우리나라의 전라북도와 비슷하다. 길이 190킬로미터에 폭 64킬로미터. 얼마나 넓은지 호수 가운데로 페루와 볼리비아의 국경이 지날 정도다. 호수의 면적과 물의 양 모두 남미에서 첫 손가락에 꼽힌다. 하지만 띠띠까까 호수가 각별한 이유는 단순히 외형상의 규모에 있지 않다. 한민족에게 단군과 같은 존재인 잉카의 창시자 망코카팍이 하늘에서 땅을 다스리기 위해 강림한 곳이 바로 이 호수에 있는 태양의 섬이기 때문이다. 페루 건국설화의 근원지인 셈이다. 이후로 띠띠까까는 많은 전설과 함께 잉카인에게 신성한 장소로 여겨져 왔다. 송어를 비롯한 호수의 풍부한 어종은 당시 현지인들의 중요한 생계수단이었던 탓에 사람들은 호수를 목숨보다 더 소중하게 여겼다.

버스에서 내려 시내로 들어서니 꾸스꼬에 익숙해져 있던 내게 이곳은 색다른 느낌으로 다가온다. 어딘가 모르게 무질서해 보이는, 정리가 잘 되지 않은 듯한 느낌이다. 그래서인지 사람 사는 냄새가 물씬 풍긴다. 인도의 어느 분주한 거리를 걷는 듯한 느낌이 들 정도로 사람들의 움직임이 부산하다. 꾸스꼬에서는 볼 수 없었던 씨클로도 보인다. 같은 페루지만 낯선 풍경이다. 워낙 높은 지역에 위치한 곳이라 리마나 나스카 등 해안 저지대에서 곧바로 온 관광객들은 고산병에 각별히 주의해야 한다.

터미널에서 30분 거리에 있는 선착장은 여행자들로 북적거린다. 호수에 떠 있는 40여 개의 섬들 가운데 가장 대표적인 '아만따니'와 '따낄래'로 가려는 사람들이다. 어디서나 그렇듯 입구에는 노점상들이 저마다 개성이 담겨 있는 독특한 물건들을 정성스레 펼쳐놓고 지나는 사람들의 발걸음을 잡는다.

표를 끊고 배에 오르니 페루 전통의상을 입은 소년이 배 안에까지 들어와 폴클로레 연주를 시작한다. 악기에서 울려 퍼지는 구슬픈 가락이 수정처럼 파란 호수 위를 수놓고 이곳을 처음 찾는 길손이 느끼는 낯설음마저 훔쳐간다. 드디어 배가 요란한 엔진소리와 함께 푸노를 남겨둔 채 망망대해 같은 호수 한가운데로 들어간다.

출발한 지 1시간이 지나면 갈대섬인 우로스(Uros)를 만나게 된다. 우로스는 호수에서 많이 자라는 키가 큰 토토라(Totora)라는 갈대를 베어다 묶어서 나란히 늘어놓은 섬이다. 해마다 갈대를 잔뜩 가져다 바닥에 깔고 그 갈대가 썩으면서 이루어진 비옥한 토양 위에 새로운 갈대를 덮는 식으로 유지된다. 인간은 흙에서 와서 흙으로 돌아간다는 평범한 진리를 무너뜨리는 이곳의 모습과 생활상은 육지에서 살아온 이방인에게 분명 충격으로 다가온다. 선착장에 내려서 섬에 발을 내딛는 순간 굉장히 부드럽고 푹신푹신한 느낌을 받는데, 혹시 푹 꺼지지는 않을까, 발이 밑으로 빠지지는 않을까 불안하기도 하다. 이런 환경 속에서 평생을 살아가는 이들의 모습이 어찌 특별해 보이지 않을까?

띠띠까까 잉카인들은 그들의 창시자가 강림했던 신성한 호수를 버리지 못해 이곳을 지키며 살아왔다. 호수에 무성하게 자라고 있는 갈대를 엮어 발사(Balsa)라는 배를 건조하고, 갈대의 부력을 이용해 그들만의 섬을 하나씩 만들었다. 이렇게 생기기 시작한 크고 작은 섬들이 지금은 호수 전체에 걸쳐 40여 개에 이르고 모두 700여 명의 사람들이 지금까지 살고 있다고 한다. 많은 시간이 흘렀지만 그렇다고 이들의 삶 자체가 그다지 많이 변한 것은 아니다. 호수에서 잡은 송어를 구워 먹고 작은 고기들은 소금과 함께 말려 비상식량으로 비축해 놓는다. 섬 안의 모든 집들과 호수 상황을 주시하기 위한 전망대도 갈대

로 되어 있고 그 안에는 새와 가축을 기르는 축사도 마련돼 있다. 요즘에는 심심찮게 찾아오는 관광객을 대상으로 민예품을 만들어 파는 일로 수익도 만만치 않다. 현대인의 시각으로는 이해할 수 없는 그들의 고집스런 삶 속에는 세상 어디에서도 볼 수 없었던 태초 인간의 순수함을 경험하게 된다. 또한 어쩌면 관광객을 보는 우로스족은 아직도 이렇게 생각할지도 모른다. '정복자의 노예가 된 문명인들이 불쌍하다' 고….

귀여운 소녀들의 아쉬운 작별 인사를 뒤로한 채 다음 목적지인 아만따니 섬으로 향한다. 3시간가량을 가도 끝없이 펼쳐지는 호수 위를 미끄러지듯 달려온 배는 목적지를 찾은 듯 속도를 줄여간다. 관광객을 맞이하기 위해 전통의상을 차려입고 선착장에 나온 원주민들의 모습이 보인다.

아만따니에서는 관광객들을 위해 몇 해 전부터 원주민 체험 민박집을 운영해오고 있다. 부두에 도착하면 관광객이 묵을 집을 동네 이장인 듯한 사람이 배정해준다. 그러면 조금은 쑥스러운 듯 자신에게 할당된 손님을 이끌고 각자의 집으로 향한다. 같은 배를 타고 온 사람들은 이제 1박 2일 동안 원주민의 생활을 체험하기 위해서 도시 문명과는 동떨어진 전기조차 없는 이곳에 적응해야 한다. 짧은 기간이지만 사람에 따라서는 평생 잊을 수 없는 소중한 추억으로 간직될 것이다.

내가 도착한 민박집은 단층짜리 흙집이고 방 안에서는 그야말로 전통적인 냄새가 물씬 풍긴다. 침대 역시 흙을 쌓아 만들어 좀 딱딱한데 몇 겹의 요를 깔아놓으니 그런대로 잠을 청할 수 있을 것 같다. 짐을 대충 부리고 언덕으로 올라갔다. 높은 곳에서 바라보는 섬의 아름다운 풍경이 눈을 찌른다. 햇빛을 받은 호수는 보랏빛 수정알을 굴려놓은 듯 아름답고 파란 하늘을 이고 사는 나무 사이로 보이는 뭉게구름은 시간을 묶어놓은 듯 잔잔하다.

이곳은 흡사 세월을 정지시켜 놓은 듯 너무나 고요하다. 언덕 위에 있는 공터에는 축구장이 만들어져 있다. 높이가 3,000미터가 넘는 이 조그만 섬에 축구장이라니 실로 놀랍지 않을 수 없다. 동네 꼬마가 건네주는 공을 있는 힘껏 차본다. 시간이 지나자 축구장으로 관광객들이 하나 둘 모여들어 함께 공을 쫓는다. 지대가 높아서인지 공을 차던 사람들은 30분을 넘기지 못하고 기진맥진 나가떨어진다. 모처럼의 운동으로 호흡이 곤란했지만 땅바닥에 털썩 주저앉아 호수를 바라보니 세상에 부러울 것이 없다.

운동을 마치고 집으로 돌아가는 길에 사람들이 모여 있어 살펴보니, 옛날 방식으로 흙벽돌을 만들고 있었다. 흙을 개고 그 속에 갈대 잎을 썰어 섞고는 발로 반죽을 해대는 모습이 예전 우리네 시골 풍경과 너무나 닮았다. 그 힘든 일을 하면서도 뭐가 그리 즐거운지 연신 웃음이 터진다. 보기 드문 동양인의 출현이 신기한 듯 이리저리 살피는 모습이 재미있다. 민박집으로 들어가니 주인이 출출한 심정을 헤아렸는지 음식을 만들어 내온다. 한데 남미의 독특한 향 때문에 먹어보지도 못하고 숟가락을 내려놓아야 했는데, 이방인을 위해 정성껏 차려준 집 주인의 성의를 생각하니 맘이 편치 않다.

벽에 걸려 있는 비키니 수영복을 입은 잡지의 사진들은 이곳을 찾아오는 사람들의 흔적일 것이다. 지구 반대편에서 날아온 이방인의 눈에 이곳은 어쩌면 너무나 심심한 곳일지도 모른다. 그저 할 수 있는 일이라곤 산책과 공놀이가 전부인 이곳을 그저 따분하기만 한 곳이라고 말한다면 난 세속에 물들어버린 인간에 불과하다. 바쁘게 살아갈 이유가 없는 사람들. 컴퓨터와 각종 편의장치들에 익숙한 나는 어쩌면 이곳에서는 가장 쓸모없는 인간일지도 모른다. 아직도 전통적인 방식으로 옷감을 만들고 흙에 갈대를 섞어 벽돌을 만들어 집을 짓는 사람들, 자신들이 일군 작은 텃밭에서 나는 적은 곡식들에 감사하며 사는 사람들. 세상의 욕심을 버리면 이곳은 천국이다. 그러나 세상의 화려함에 미련을 버리지 못한 채 살아간다면 이곳처럼 심드렁한 곳도 세상천지에 없을 것이다.

작은 촛불 하나로 어둠을 밀어내는 사람들. 비록 찌그러진 그릇에 담아온 식사지만 이들에겐 최고의 성찬인 식사를 부담스러워 했던 나는 결코 이들의 삶에 동참할 수 없을 것 같다. 결국 동화될 수 없을 것만 같은, 아니 동화되지 못한 채 이들과 나는 여전히 낯설음만을 간직하고 짧은 만남, 그리고 긴 이별을 고했다.

이곳에 올 때 타고온 배를 다시 타고 섬을 떠나가는 날 부둣가에서는 손님을 배웅하기 위해 원주민들이 강가에 모여 배가 보이지 않을 때까지 손을 흔든다. 갑자기 이런 생각이 든다. 누가 더 행복한 삶을 누리면서 살고 있는 것일까?

아만따니 섬을 떠나온 배는 1시간 30분가량 떨어져 있는 따낄래 섬에 관광객을 내려놓는다. 아만따니 섬과 이곳은 뱃길로 겨우 1시간이 조금 넘는 거리지만, 이들의 살아가는 모습과 의상은 너무나 다르다. 흡사 다른 나라를 찾아온 것 같은 착각에 빠진 듯 말이다. 조용하기만 한 섬을 거니는데 어렴풋이 흥겨운 악기소리가 들려온다. 마을의 가장 넓은 공터에서 축제가 벌어지고 있었던 것이다. 각양각색의 옷과 전통악기를 갖추고 그들만의 춤을 곁들인 공연이 이곳을 찾은 이방인들의 눈과 귀를 잡아끈다. 여행에서 만나는 행운 중의 하나가 현지의 전통 공연을 보는 것인데, 저절로 어깨가 들썩이고 신이 난다.

그런데 신기한 모습이 눈에 띈다. 공터 곳곳에 서 있는 성인 남자들이 하나같이 거리에서 뜨개질을 하는 모습이다. 알고 보니 이곳의 전통이란다. 이곳에서는 여자가 실을 짜고 그 실로 옷이나 각종 생활용품을 만드는 일은 남자의 몫이라니 재미있다. 그냥 보기에도 투박해 보이는 시커먼 남자의 손에서 예쁜 옷이 만들어지는 것을 보니 그저 신기하기만 하다. 그렇게 한나절을 따낄래 섬에서 보내고 푸노로 돌아가기 위해 배를 탔다. 며칠 동안 이곳에서 생활한 사람들인 데도 이 넓은 호수가 바다가 아닌 것이 믿기지 않는다는 듯 물을 손에 담아 입맛을 다시고는 정말 호수야! 하며 외친다. 끝이 보이지 않아 만지지 않고 맛을 보지 않고는 믿기 어려웠던 것이다. 상상을 초월할 정도로 커다란 곳에서 세상의 문명을 거부하고 잉카의 전통을 지키며 살아가는 사람들. 이들의 터전이 바로 띠띠까까 호수다.

세상 사람에게 이곳은 분명 신기한 여행지로 기억되어질 것이다. 그러나 이곳을 지키며 살아가는 잉카인들에게는 이곳을 찾는 이방인들이 어떻게 기억될까?

Asia

안녕,
친구야!

널 만나고 돌아온 지 이제 한 달이 다 되어간다. 지금도 그렇게 미소 띤 얼굴로 즐겁게 살아가고 있는지 궁금하다. 내게 보여준 너의 미소 그리고 넓적한 앞니와 어깨에 멘 누런 끈의 가방도 기억난다. 잘 지내지? 네 이름을 물어보는 걸 잊었다.
이름이라도 알면 좋을텐데 말야. 다시 가면 볼 수 있을까? 그래도 너를 만났던 그 길을 걷게 되면 너를 생각하게 될 거야. 보고 싶다. 잘 지내길… 멋진 모델, 귀여운 친구야!

– 캄보디아

나를 바라보는 그 시선이
나를 오래도록 이 땅에 머물게 했다.

여행의
방법

앙코르와트를 방문하면서 왜 사람들이 이처럼 이곳을 많이 찾는지 알게 됐습니다. 남미나 유럽 등 여러 나라를 돌아다녔지만, 이곳처럼 감동을 주지 못했습니다. 너무 늦게 찾은 내 게으름이 원망스러울 만큼 앙코르와트가 주는 감동과 충격은 대단한 것이었습니다. 여행을 다니면서 유적지를 돌아보는 것을 그리 좋아하는 편은 아니지만, 이곳에서의 시간은 나를 충분히 돌아보는 계기가 되었습니다. 친절한 캄보디아 사람들도, 여행 중 만난 한국 배낭여행자들과의 시간도 잊을 수 없는 추억으로 남아 있습니다. 다양한 모습의 여행자들을 만났지만, 씨엠립에서부터 혼자 자전거를 타고 앙코르와트를 찾은 이 여행자의 열정은 나를 부끄럽게 합니다.

– 캄보디아

adidas
adidas

특별한 휴식

남을 의식하지 않는 여행 중의 짧은 휴식은 새로운 힘을 얻는 중요한 순간입니다. 지친 몸과 마음을 잠시나마 내려놓는 이 시간은 너무나 특별한 시간일 수도 있습니다. 어쩌면 본인은 의식하지 못했을지 모르지만, 나에겐 특별한 모습으로 다가왔습니다.

– 캄보디아

난
무엇을

난 무엇을 주었는가? 난 무엇을 줄 수 있었는가? 내 스스로에게 수없이 물으면서도 네 번을 지나치는 동안 그저 아픈 마음 움켜쥐고 애써 외면하였을 뿐. 내가 줄 수 있는 것은 아무것도 없었습니다. 어쩌면 용기가 없었는지도 모르지요. 저 연약한 손에 들린 보잘것없는 종이컵에 동전을 던져 넣을 용기가 말입니다. 그땐 왜 그렇게 못했는지. 시간이 지나도 여전히 아픔으로 남는 것을.

– 캄보디아

X-TEAM

배움

흙먼지를 뒤집어쓴 채 카메라를 가슴에 안고 기다린 길 위에서 소년은 황톳길 먼지를 헤치며 학교에 가기 위해 페달을 밟고 내 앞을 스쳐갑니다. 배움이 사람에게 어떤 가치가 있을까 생각해 봅니다. 얼마를 달려왔을지 알 수 없는 이 소년의 등굣길을 생각해보니 더욱더 배움의 소중함을 생각하게 됩니다. 학교라는 존재가 그저 배움을 주는 것만은 아닐 거라는 생각도 해봅니다. 우리는 배움을 위해 참 많은 시간을 투자합니다. 언제까지가 될지 알 수 없지만, 결국 인간은 이 땅에 살아 있는 동안 배움을 계속 해나가야 하는 존재인가 봅니다. 이 소년은 배움을 위해 오늘도 아니 내일도 힘차게 페달을 밟으며 학교에 갈 것입니다.

– 캄보디아

FX
240HP

짧은
만남

한 번도 마주친 적 없는 낯선 사람이 미소 지으며 손을 흔듭니다. 내 카메라를 보며 손을 흔드는 이 사람의 표정이 나를 들뜨게 합니다. 여행은 소중한 사람들을 만나기도 하고 낯선 사람들을 만나 소중한 추억을 만들어가는 것인가 봅니다. 그 대부분의 인연이 이어지기는 힘들지만 마음으로는 친구가 되어갑니다. 아주 짧은 시간의 스침이 이렇게도 소중할 수 있음을….

– 캄보디아

톤레샵 호수

육지에서 살아도, 물 위에서 살아도 사람이 살아가는 이유와 목표는 같습니다. 바다를 닮은 톤레샵 호수를 삶의 터전으로 살아가는 사람들에게서 사람이 살아가야 할 소중한 이유들을 만나고 돌아왔습니다. 이곳에서 나는 잠시 이방인의 모습으로 이들을 보고 돌아왔지만 지금도 여전히 열심히 사는 사람들의 분주함이 넘치는 곳이겠지요.

– 캄보디아

여행은

떠나지 않으면 결국 아무런 만남도 존재하지 않는 것을. 무엇을 보고 무엇을 느끼기 전에 우리는 떠나야 합니다. 통장에 얼마가 남았는가를 계산하기에 앞서 떠나는 것에 우선순위를 둬야 합니다. 시간이 있을까 생각하기 전에 가장 중요한 것을 잊고 사는 자신을 발견해야 합니다.

여행은 그렇게 만만하게 결정할 수 있는 것은 아닙니다. 가장 필요한 시간에, 가장 중요한 것을 포기한 후에 얻을 수 있는 기쁨이 바로 여행이기 때문입니다. 꼭 먼 곳으로 떠날 필요는 없습니다. 지금 갈 수 있는 그곳으로 가면 그것이 가장 필요한 여행이기 때문입니다. 여행을 그저 남는 시간에 떠나는 것이라는 생각을 버려야 합니다. 시간 나면 떠나야지 하는 사람은 결국 떠나지 못합니다. 시간을 준비하는 사람만이 여행을 떠날 수 있는 것입니다.

다음 기회를 외치는 사람에게 여행은 결코 존재하지도 손짓하지도 않습니다. 여행은 나에게는 숙명과도 같은 여정이었으며 앞으로도 난 그런 마음으로 떠남과 돌아옴을 반복하며 살아야 한다는 것을 압니다. 나에게 여행은 어쩌면 잊고 살았을지도 모르는 다른 세상에 있는 집을 찾아가는 여정이기 때문입니다.

– 캄보디아

안녕!

다시 찾아간 캄보디아의 길 위에서 만난 꼬마가 내게 인사합니다. 비록 목소리로 알아들을 수는 없었지만, 비록 언어가 다르지만, 가슴에서 울려나오는 소년의 음성은 해맑은 미소만큼이나 환합니다.

안녕! 내가 이곳 사람들에 대해 궁금하듯 이들 또한 내 존재가 궁금한 모양입니다. 우리는 서로에게 궁금한 그런 존재로 이 땅에서 아주 짧은 시간 만나고 헤어졌습니다. 다시는 볼 수 없는 대상으로 이 세상을 살아가겠지만 가슴에 남은 짧은 추억은 내 기억 속에 그리움으로 자리할 것입니다. 여행을 마치고 집으로 돌아와 내게 남은 것은 사진 속의 사람들입니다. 그들을 보는 시간은 나만의 즐거움이며 동시에 감사의 순간입니다. 지금도 들릴 것 같은 인사… 안녕!

– 캄보디아

미소

세상에서 가장 아름다운 모습은 미소 짓는 얼굴입니다. 수줍은 듯 활짝 미소 지으며 인사하는 이 소녀의 마음에 나는 어떤 존재로 기억될까요?

– 캄보디아

행복의
조건

사진이 나에게 주는 의미는 내 일부일 수 있지만, 그 사진으로 다가가는 내 마음은 전부가 되어야만 행복해지는 나는 고달픈 삶을 살아가는 사람인지도 모릅니다. 그 고달픔을 감사함으로 가슴에 안고 가야만 행복해질 수 있다는 것을 느낍니다. 가슴에 남는 사진 한 장을 안고 돌아오는 여행길에서 느끼는 풍족함, 그것이 살아가는 이유가 되기도 합니다.

– 캄보디아

진지함

여행을 하면서 가끔씩 만나는 진지한 모습. 이 숙연한 모습은 결국 나의 나태함을 돌아보고 반성하게 합니다. 같은 곳을 여행했지만 각자가 느끼는 깊이는 분명 다를 것입니다. 아무런 준비 없이 찾아간 여행지에서 만난 이 소년은 진지한 모습으로 자신이 찾은 여행지에 대한 공부에 열중합니다. 여행이 주는 또 다른 교훈은 아마 이런 것인지도 모릅니다. 유명한 건축물을 보는 것도 중요하지만, 그곳을 더 깊이 알기 위해 공부에 열중하는 모습이 더 감동스러울 때가 있다는 것.

– 캄보디아

당신은
어떤 것을
보고 있나요?

당신은 이곳에서 무엇을 봤습니까?
당신은 이곳에서 무엇을 느꼈습니까?
그리고 당신은 이곳에 무엇을 남기려 합니까?
당신의 진지함이 무심히 지나친 것들을 다시 돌아보게 합니다.

– 캄보디아

또 하나의
세상과
만나기 위해

여행은 놀기 위함이 아닙니다. 그렇다고 무작정 쉬기 위함도 아닙니다. 여행은 또 하나의 세상을 만나는 공부입니다. 앙코르와트를 이해하려는 이 여행자의 진지한 모습에서 새삼 존경이 묻어납니다.

– 캄보디아

가슴에
남는 사진

내게 있어 가장 큰 고통은 카메라를 빼앗는 것이 아니라 사물을 바라보는 감성을 메마르게 하는 것입니다. 이 사진을 찍고 돌아오면서 수없이 가슴에 대고 외쳤던 말입니다. 시간이 지나고 내가 살아온 것과는 다르게 변해버릴지도 모른다는… 감성이 마르는 날이 올지도 모르는 불안감에 오늘도 한 장의 사진을 찍어봅니다. 사진을 찍는 것은 눈이 아닌 가슴이라는 것을 느끼게 되는 나이인가 봅니다. 차마 그냥 지나칠 수 없어 가던 길을 멈출 때가 많습니다. 혹시라도 가슴에 남는 장면을 지나치는 날이 많아지면 어쩌나 하는 불안감이 엄습해 옵니다. 세상을 바라보는 눈은 만들어지는 것이 아님을 압니다. 나만의 호흡으로 살아가는 자신이기 때문에 그렇습니다.

– 캄보디아

노을
속으로

시간은 나를 성숙시키는 힘이 있습니다. 아름다운 풍광은 나를 머물게 하는 힘이 있습니다. 몇 번을 찾아가도 만나기 힘들었던 노을을 가슴에 담고 돌아오는 날의 기쁨을 어떻게 말로 표현할 수 있겠습니까? 여행에서 얻는 사진들은 살아가는 동안 두고두고 꺼내보는 일기장과도 같습니다.
소중한 추억들도, 가슴 아픈 추억들도, 버려야 하는 미련들도 전부 사진에 녹아 있습니다.

– 캄보디아

노젓는
소녀

캄보디아의 톤레샵 호수에서 살아가는 사람들에게 물은 육지와도 같은 존재입니다. 물에서 태어나 물 위에서 일생을 마칠지도 모르는 이곳 사람들에게 배 위에서 노를 젓는 것은 어린아이가 걸음마를 배우는 것처럼 당연한 것일지도 모릅니다. 바다처럼 넓은 물 위에서의 생활은 내가 상상한 것 이상으로 독특합니다. 어린아이들이 혼자서 노를 저어 학교에 가고 그물을 어깨에 메고 고기를 낚으러 가는 모습을 보며 내가 얼마나 낯선 이방인인가를 느끼게 됩니다. 이들에겐 너무나 자연스럽고 당연한 모습이 여행자에겐 특별한 모습으로 기억됩니다. 결국 여행은 내가 갖고 있는 제한된 영역의 생각들을 일깨워주는 스승입니다.

– 캄보디아 톤레샵 호수

N.121

어부의 꿈

사람의 가치 기준을 한 가지로 정하기는 너무 어렵습니다. 학교 갈 어린 나이에 일한다고 해서 불행한 것도 아니고, 학교에서 공부한다고 행복한 것도 물론 아닐 것입니다. 단지 내 자신이 바라보는 시선에서 안쓰러움을 지우지 못하는 것일 뿐이겠지요. 고기를 잡든 공부를 하든 결국 행복은 그 안에서 발견하면 되는 것입니다. 내가 함부로 판단하고 결정지어서는 안 될 존중받아야 할 이들의 삶이 있을 뿐입니다.

– 캄보디아 톤레샵 호수

소중한
추억

여행은 내 소중한 추억을 찾아줬습니다. 물가에서 노는 어린아이들을 보며 오래전 나와 내 친구들 모습을 생각해 봤습니다. 어쩌면 나와 너무나 닮은 아이들의 천진난만한 모습에서 오랫동안 잊고 지냈던 개구쟁이 시절의 나를 떠올려 봅니다. 다시는 그 시절로 돌아갈 수 없겠지만 그래도 추억할 수 있는 과거가 있어 행복합니다. 그 행복을 찾아준 캄보디아의 꼬마들에게 감사를 전합니다.

– 캄보디아 씨엠립

천사

아주 가끔은 '사람이 천사가 아닐까' 생각할 때가 있습니다. 여행에 지친 내게 미소를 지어준 이 꼬마는 나에겐 천사의 모습으로 다가왔습니다. 그렇게 사진과 현실 사이에 존재하는 미묘한 선택은 나만의 자유를 표현하는 또 하나의 세상입니다. 바로 내 안의 자유를 세상에 끄집어내는 순간이기도 합니다. 시간은 지난 과거의 상상을 현실로 만들어내는 힘이 있습니다. 그 힘의 근원은 여행이라는 도전에서 만들어지는 선물입니다.

– 캄보디아

여행 속의 휴식

유난히 휴식이라는 단어를 좋아합니다. 여행 중에 만나는 사람들에게서 난 새로운 사실들을 발견해 나갑니다. 평화로운 모습을 보는 그 자체만으로도 행복해집니다. 다른 사람의 평온한 휴식이 내게 새로운 힘을 준다는 것, 얼마나 놀라운 일입니까. 짧지만 소중한 순간에 멈추어선 내 발걸음은 무거운 짐을 벗어놓은 것처럼 가벼워집니다. 내가 아닌 다른 사람들이 나로 인해 즐거워지길 바랍니다. 그렇게 되길, 꼭 그렇게 살 수 있길. 물질적으로 부유하진 않아도 나를 사랑하는 마음 변치 않길 바라며 살 수 있기를.

– 캄보디아

인생

살아온 시간만큼 살아가야 할 시간이 남아 있다면 늦었다는 말을 할 필요는 없습니다. 가야 할 길이 멀다고 주저앉을 수 없는 것이 인생이라면 주어진 삶에만 만족하지 않고 열심히 내 삶을 개척해 가야 합니다. 나이는 숫자에 불과하다는 진실을 인정하는 모습으로 살아가야 합니다. 시간이 없다고 가던 길을, 그리고 꿈꿔왔던 길을 멈추지 않았으면 합니다. 세상을 바라보는 내 눈동자가 슬프지 않았으면 좋겠습니다. 아주 낯선 이에게조차도 내 모습이 행복해 보였으면 좋겠습니다. 내면의 행복이 밖으로 튀어나오는 그런 삶을 살고 싶습니다.

– 캄보디아

친구

아주 오랫동안 대화를 나누는 모습을 봤습니다. 서로를 바라보며 익숙한 미소를 지으며 잔잔히 이야기를 나누는 그 모습이 샘이 나도록 부럽고 멋져 보였습니다. 오랜 시간이 만들어낸 자연스러움은 상대방에 대한 신뢰입니다. 말을 하지 않아도, 서로 바라보기만 해도 묵묵히 상대방을 느낄 수 있고 서로의 마음을 이해할 수 있을 것 같은, 그토록 오래된 소중한 친구가 곁에 있는지 생각해 봅니다. 나도 이분들의 나이만큼 세월이 흘렀을 때 마주앉아 대화할 수 있는 소중한 친구가 곁에 남아 있었으면 좋겠습니다. 단 한 명이라도 말입니다.

– 캄보디아

짓궂은 표정

태국 칸차나부리에서 점심을 먹으러 들어간 식당에서 만난 주인집 꼬마입니다. 카메라를 들이대자 짓궂은 표정으로 나를 즐겁게 합니다. 언제나 그렇듯 아이들을 촬영하는 것은 행복합니다. 어른들에게 포즈를 취해달라고 요청하면 표정이 굳어지기 마련인데 어린 친구들에게선 자연스러움이 배어납니다. 아직 세상의 때가 묻지 않은 순수함이 있기에 그런 것 같습니다. 식사를 마치고 나올 때 문 앞까지 따라나와 아쉬운 표정으로 작별 인사를 해주던 개구쟁이 소년. 결국 그리움은 사람에 대한 관심에서 시작되나 봅니다.

– 태국

밤새 추위에 몸이 굳어진 여행자가 마실 차를 위해
따뜻한 물을 준비하는…

묵은 때가 켜켜이 앉은 주전자라도 타인을 위한 마음은
아름답게 빛납니다.

세상 밖으로

여행은 나이를 초월하는 것입니다. 나이가 많다고, 시간이 없다고, 돈이 없다고, 말이 통하지 않는다고 다음으로 미루는 것이 가장 어리석은 일입니다. 여행은 그저 자신을 세상 밖으로 내어놓는 행동입니다. 가끔 만나는 나이 지긋한 분들의 여행에서는 왠지 모를 경건함이 느껴집니다. 거리의 벤치에 앉아 가이드북을 보는 이 여행자의 모습이 그러하듯이 말입니다.

– 태국 방콕

함께
한다는 것

같은 시간에, 같은 장소에서, 같은 마음과 같은 모습으로 함께 있을 수 있는 사람. 세상에서 가장 아름다운 모습이 아닐까요. 흔히 우리는 이런 사랑을 꿈꾸며 살아갑니다. 동일한 마음과 사랑을 공유하며 살아가는 것은 그 대상이 누구라도 행복해 보입니다. 먼 길을 떠난 여행자의 시선을 붙잡은 이 모습이 지친 마음을 따뜻하게 한 것처럼….

– 태국 방콕

정성

손으로 한 올 한 올 수를 놓는 여인의 손길에서 정성이 무엇인지 알게 됩니다. 사랑하는 가족을 위해 손으로 직접 옷을 만드는 고산족 여인. 어쩌면 세상의 그 어떤 것으로도 바꿀 수 없는 선물이 아닐까 생각해 봅니다.

– 태국 치앙마이

희망은 있다

세상에는 다양한 직업들이 존재합니다. 그 다양함들이 서로 엮여 사회를 만들어 갑니다. 나는 참 많은 일들을 경험하며 지금의 자리까지 왔습니다. 어쩌면 지금 하고 있는 일을 위해 과거의 경험들이 필요했는지 모릅니다. 누구나 그렇듯이 자신이 하고 있는 일에 만족하기는 쉽지 않습니다. 만약 지금 하고 있는 일이 만족스럽다면 그 사람은 가장 행복한 사람입니다. 주위를 둘러보면 현실을 탈피하고 싶어하는 사람들이 곳곳에 넘쳐납니다. 아니면 열정을 포기한 채 현실과 타협하는 사람들도 많이 눈에 띕니다. 과연 나는 지금 얼마나 만족한 삶을 영위하고 있는지 자신을 돌아봅니다. 꿈을 꾸던 시절이 그렇게 오래된 것은 아닙니다. 꿈꾸며 지내온 과거의 나와 지금의 나를 떠올려 봅니다. 조각난 퍼즐을 맞추듯 현재의 삶과 꿈꾸었던 삶을 맞추어 봅니다. 그렇게 맞추어간 내 삶은 무엇입니까?

여행에서 만난 이 청년의 직업은 코끼리 등에 관광객을 태우고 다니는 일입니다. 하루 종일 코끼리 등에 올라탄 채 생활하는 이 청년의 삶도 내겐 새로움입니다. 앞으로도 몇 년 동안을 더 코끼리와 생활해야 할지 모르는 이 청년의 모습에서 직업의 소중함이 느껴집니다.

– 태국

개구쟁이들

칸차나부리에서 콰이강의 다리를 보고 돌아오는 기차역에서 만난 꼬마들. 아주 대담하게 내 카메라의 앵글을 향해 포즈를 취해주었습니다. 동작은 비슷한데 표정은 다양한. 너무나 멋진, 때묻지 않은 천진난만한 모델들입니다. 이 한 장의 사진이 오늘 하루의 여행을 더욱 빛나게 합니다. 자신들에게 돌아갈 사진이 아님을 알면서도 기꺼이 멋진 표정으로 날 기쁘게 한 천사들. 가슴을 열어 숨소리로 외쳐봅니다. "사랑합니다!"

– 태국 칸차나부리

미소가
아름다운
사람들

치앙마이에서 만난 고산족 사람들. 사람의 향기를 맡을 틈도 없이 내려와야 했지만 낯선 내 카메라에 미소를 보내주던 사람들입니다. 친근한 미소는 사람이 살아가는 이유를 설명해주는 힘이 있습니다. 태양보다 밝은 미소를 선물해 준 따뜻한 사람들.

– 태국 치앙마이

이 한 장의 사진

힘겹게 일어난 여행지의 아침, 이 한 장의 사진을 가슴에 담으며 얼마나 흥분되던지. 행복의 기준은 저마다 다르겠지만 내게 있어 행복은 마음에 와 닿는 장면을 담기 위해 셔터를 누를 때가 아닌가 생각해 봅니다. 아침식사를 위해 들어간 식당에서 우연히 만난 이 장면은 지친 발걸음을 다시 한 번 가볍게 돌려놓는 힘이 됐습니다.

– 태국 방콕

가난해도 행복한 것은

새까만 눈동자에 묻어나는 짙은 그리움.
황토빛 바람을 등에 지고 대지를 걷는 원색의 발걸음과 그 화려함.
그러나 그 뒤에 감춰진 가난.
그들은 분명 가난했습니다. 그러나 인도인들은
가난을 탓하지 않고 숙명으로 여기며 살아갑니다.
그래서인지 내 눈에는 가난도 행복해 보였는지 모릅니다.

– 인도 뭄베이

ŠKODA

30년 된 자동차와 그 자동차를 운전하시는 할아버지와 할머니.
호기심어린 몽골 소년의 미소가 참 아름답습니다.

몽골에서
만난 꼬마

옷을 벗은 꼬마의 모습. 머리를 감지 않아 지저분해 보이는 이 꼬마는 먼지 나는 언덕에서 친구들과 물놀이로 하루를 보냅니다. 몽골의 판자촌에 사는 가난한 모습이 배어 있지만, 그렇다고 해서 가난이 꼬마를 우울하게 하지는 못합니다. 가난은 오로지 어른들의 몫일 뿐입니다. 페트병을 잘라 만든 물총으로 놀면서 하루해를 다 보낸다 해도 결코 불행하지 않습니다. 친구들과 즐거울 수 있는 조건도 부유함이 전부는 아닙니다. 안쓰러움을 발견하는 것은 결국 다른 세상에서 온 사람들의 이기적인 생각일 뿐입니다.

– 몽골 울란바토르

아이들

어린이의 맑은 눈동자는 그 어떤 화려한 보석보다도 더 아름답습니다. 길을 가다가 만나 카메라를 들이대면 꼬마들은 쑥스러운 표정과 호기심으로 나를 바라봅니다. 어디에서도 만날 수 없는 가장 아름다운 모델들….

– 몽골 홉스골

초원에서
사람을 바라보다

바람과 구름, 찌를 듯이 높은 하늘, 그 사이를 받치고 있는 가도 가도 끝없이 펼쳐진 녹색 구릉 사이로 어딘가에 있을 집을 찾아갈 뿐 얼굴에는 그 어떤 걱정도 없어 보입니다.

– 몽골

맘껏
사랑해
보세요

세월은 어린아이를 백발이 성성한 노인으로 만들어 놓습니다. 어린 시절 꿈꿔왔던 내 미래를 바라보면 참 화려하지만, 지금 내가 걸어가는 길은 그때와는 전혀 다른 낯선 길입니다. 무심히 지나치는 사람들과 그 사이에 서 있는 할머니의 과거는 아름다운 베트남 여인이었습니다. 우리는 모두 지금의 내 모습만을 안고 세월과 동행할 수 없습니다. 지금으로부터 30년, 아니 그 이상의 시간 뒤에 나는 어디에 서 있습니까?

– 베트남 하노이

길을
바라보다

길에서 새로운 사람들을 만나기도 하고, 새로운 도시에 닿아 감격해하는 여린 모습을 발견하기도 합니다. 무엇을 보아도 현혹되지 않는다는 선자들의 말을 잊고 봄이 오면 봄이 와서, 낙엽이 지면 낙엽이 져서, 눈이 오면 눈이 와서 감동하는 나를 볼 때마다 그래도 난 아직 가슴에 남아 있는 감성을 살찌울 수 있는 그런 여유가 있다는 것에 감사합니다. 나는 세상에 존재하는 것이 아니라 잠시 왔다간다는 생각에 잠겨 하루 종일 우울한 기분에 사로잡혔던 적도 있습니다. 그때나 지금이나 나의 철없음이 좋고 나만은 결코 영원히 철들지 말자고 스스로 다짐하며, 내일도 모레도 그리고 앞으로도 스스로의 존재에 대한 이유를 찾아 여행을 떠날 것입니다.

– 베트남 호치민

아이들의 행복

스리랑카의 아이들입니다. 이 아이들은 참 가난합니다. 외국인이 보이면 우르르 몰려와서 고사리 손으로 구걸하며 근근이 살아가고 있습니다. 돈을 한번 주기 시작하면 감당할 수 없을 만큼 많은 아이들이 몰려와 손을 벌립니다. 마음 같아서는 가진 것을 모두 나누어주고 싶지만, 사실 내가 갖고 있는 것들로는 이들의 가난이 채워질 수 없습니다. 팔다 남은 생선에선 파리 떼가 우글거리고, 아무렇게나 어지럽혀진 해안을 뛰어 다니는 이들에게서 세상의 풍요는 까마득히 멀게만 느껴집니다. 아무것도 줄 수 없는 무기력한 내 자신에 화가 납니다. 가는 옷깃을 잡아채는 어린 소녀의 투명한 눈망울은 지친 가슴에서조차도 울컥한 감정이 일게 합니다. 스리랑카는 '보석처럼 빛나는 땅' 이라는 뜻입니다. 그립습니다. 그들의 아름다운 눈이 보석처럼 초롱초롱하게 빛나던 모습이.

– 스리랑카 네곰보 해안

여행이란!

오늘따라 유난히 그들이 그리워집니다. 다 큰 어른의 호기심어린 표정과 순수함. 말할 수 없이 아름답던 투명한 하늘과 오래된 자동차들의 시커먼 매연조차 달콤했던 곳. 거리를 가득 메운 자전거와 오토바이의 행렬. 하얀 눈동자의 알 수 없는 신비감. 그곳의 사람들은 떠난 나를 기억하지 못하겠지만, 난 그들의 표정 하나하나를 가슴에 담아 돌아왔습니다.
여행이란! 그곳의 사람들보다 잠시 그곳을 다녀온 사람의 그리움이 더 진한 것.

– 스리랑카 콜롬보

ITC
GOLD HOUSE
National
TV
NESPR

이별을
말하지
않습니다

황토색의 먼지바람을 얼굴에 맞고 맨발로 뛰어가는 어린아이들에게선 세상의 근심 따위는 읽을 수 없습니다. 넉넉한 자연과 그 자연의 혜택을 누리며 영원히 이곳에 안주하고 싶은 사람들. 낯선 여행자에게 가진 것의 일부를 서슴없이 나눠주는 욕심 없는 이들과 헤어지는 시간은 고향을 두고 떠나는 듯한 아쉬움이 넘쳐납니다.

– 스리랑카 콜롬보

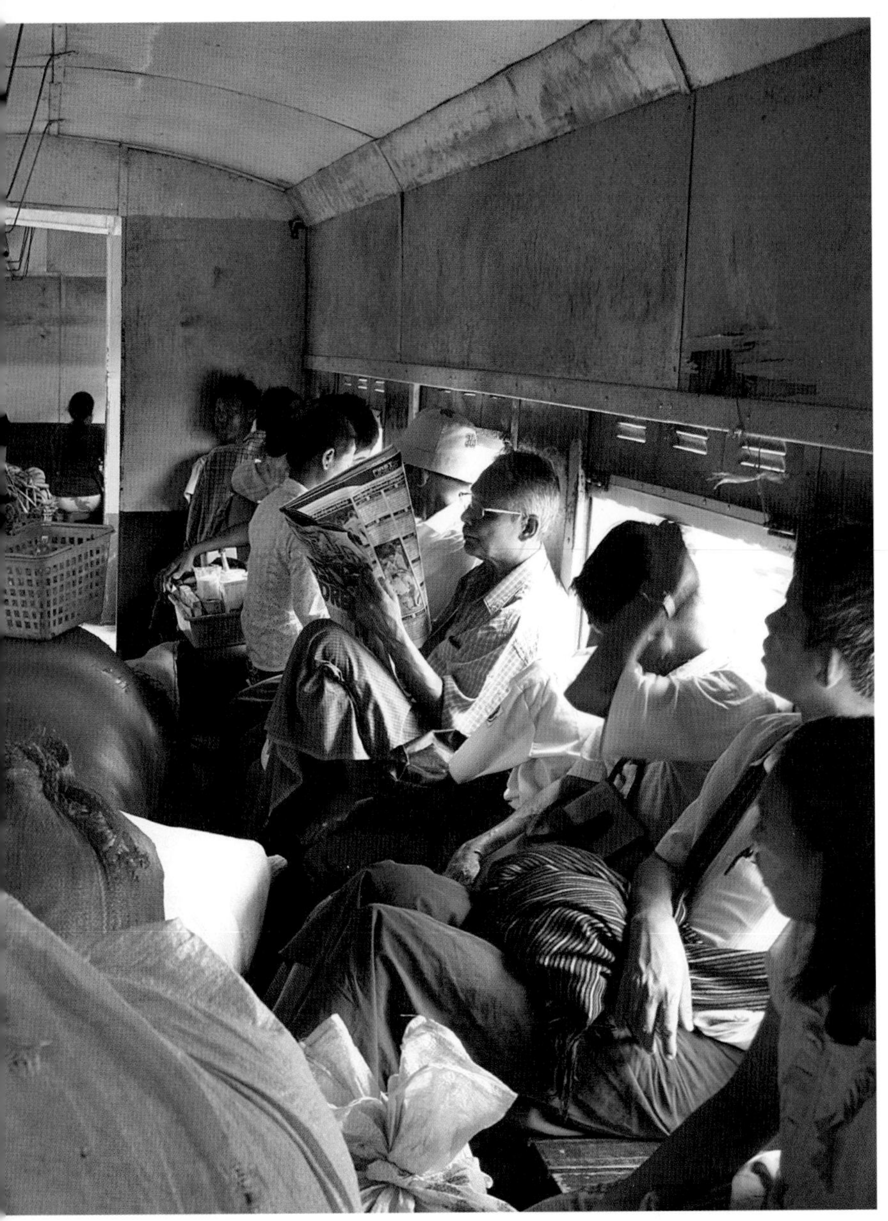

사랑하는 사람(샤인)

너무나 천재여서 정신병에 걸린 어느 피아니스트의 감동적인 이야기를 그린 음악 영화〈샤인〉의 실제 주인공인 데이빗 헬프갓과 그의 부인 길리언입니다. 몇 년 전에 한국을 방문했을 때 촬영한 사진입니다. 저도 이 영화를 보고 감동하여 한동안 들뜬 마음으로 지냈던 기억이 있습니다. 비록 일반적인 생활을 하기엔 정신적으로 너무나 연약한 사람이었지만, 사랑하는 부인의 헌신적인 내조는 결국 천재 피아니스트를 세상에서 빛나게 했습니다. 제가 만났을 때도 헬프갓의 정신은 불안해 보였습니다. 과연 저 사람이 연주를 할 수 있을까? 그런 의문이 들 정도로 그의 모습은 아슬아슬해 보였습니다. 그런 그도 부인 곁에서는 마냥 행복해하던 모습이 떠오릅니다. 사랑하는 사람 앞에서 평화로웠던 데이빗 헬프갓의 천진스러움이 부러웠습니다. 전적으로 신뢰할 수 있는 사람이 있다는 것보다 행복한 일이 있을까요? 우리는 누구와 같이 있을 때 이토록 평화로운 모습을 보일 수 있을까요?

– 서울

나는 무엇으로 사는가?

병원에서 만난 외국인 환자의 손에 꼭 쥐어져 있던 목걸이입니다. 의식불명인 상태에서도 놓지 못하고 있는 저 묵주는 이 사람에게 어떤 의미가 있는지 나는 알 수 없습니다. 다만 절박한 삶과 죽음의 갈림길에서 꼭 쥐고 있는 저 목걸이는 이 청년이 간직한 최고의 위안일 것입니다. 볼리비아에서 왔다는 이 청년의 말라가는 손을 보면서 이 젊은 청년의 고단했던 삶과 이 자리에 눕기까지 겪었을, 고통스러웠을 과거를 생각해 봤습니다. 돌봐줄 사람 하나 없는 낯선 이 땅에서 가장 큰 위로가 되어주었을 저 목걸이. 나는 과연 삶과 죽음의 갈림길에서 무엇을 쥐고 있어야 행복할까요? 무의식 중에도 간직할 정도로 소중한 것이 나에겐 무엇일까요? 이 청년도 과거에 행복했던 시간이 있었을 것입니다.
이 땅, 한국이라는 나라에 오게 된 자신이 행복한 존재라고 여기면서 희망을 안고 왔을지도 모릅니다. 그 시간이 얼마나 지났는지 알 수는 없지만, 고국에서부터 목에 걸고 왔을 저 목걸이가 이제는 저 마른 손에 쥐어져야 하는 현실이 그를 바라보는 내 가슴을 아프게 합니다. 돌아오는 시간에 그를 위해 내 자신도 기억하기 어려운 짧은 기도를 드릴 뿐.
볼리비아에서 온 이 외국인 청년의 이름은 해수입니다.

– 국립의료원

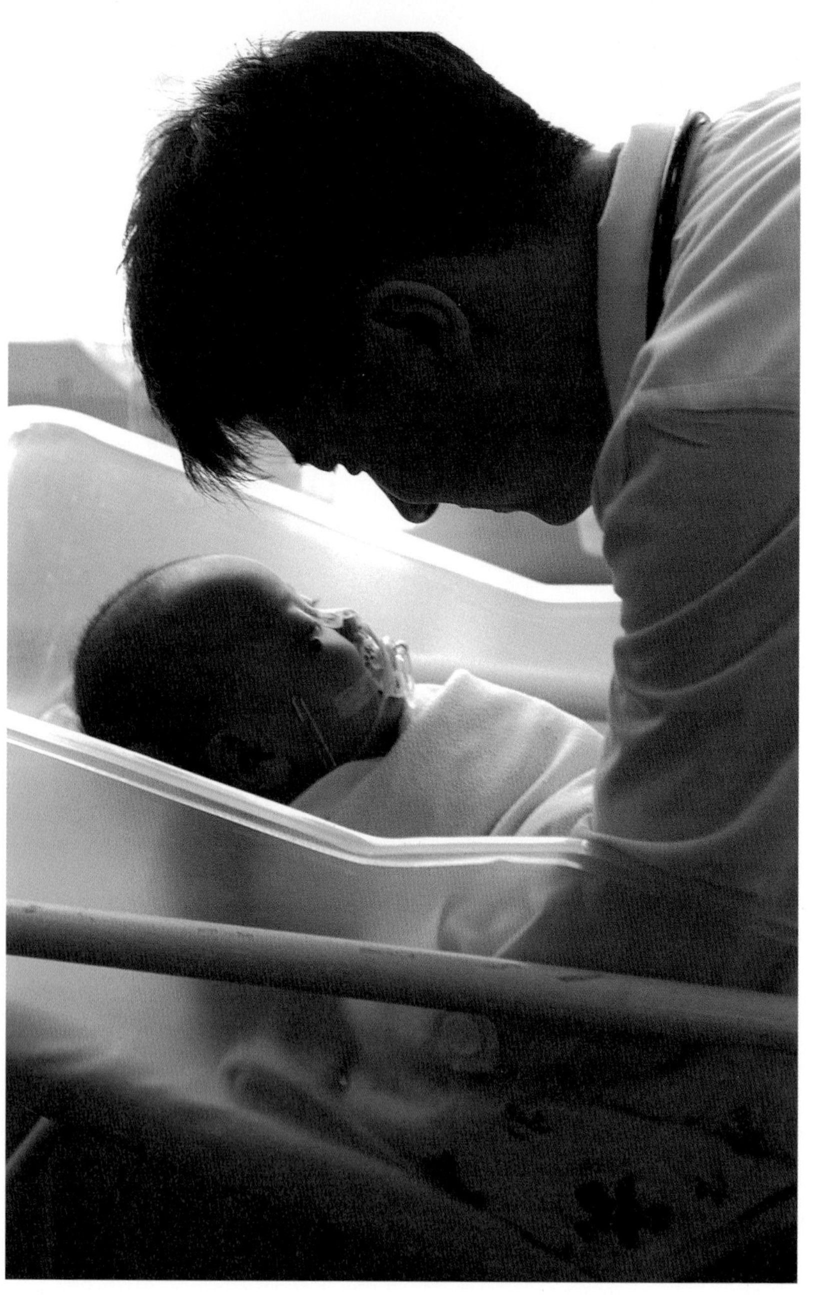

희영이

세상에 태어난 생명들이 다 축복받는 것은 아닙니다. 부모로부터 축복받지 못한 채로 태어난 이 아기의 생명은 겨우 6개월 정도라고 합니다. 태어날 때부터 뇌가 없는 무뇌아라고 합니다. 한동안 멍하니 바라봐야만 했습니다. 겉으로 보기에는 그저 귀엽기만 한데… 뇌가 들어 있어야 할 공간이 물로 가득찬 채 세상에 나온 이 아기의 이름은 희영이입니다. 이제 3개월 정도를 살았으니 지금쯤은 이 세상에 없을지도 모릅니다. 살아간다는 것, 그 자체로 우린 축복받은 사람들입니다. 온전한 몸을 지닌 채로 세상을 살 수 있다는 것, 그 이유만으로도 우린 행복한 사람들입니다. 아무것도 생각할 수 없는 이 아기의 얼굴에서 느껴지는 평화로움은 많은 생각을 하게 합니다. 하나님은 왜 내게 이 아기를 보게 하셨는지 알 수 없습니다. 교만하게 살았던, 가진 것이 많았음에도 감사하지 못하며 살았던 나의 무지를 질책하기 위함일까요? 희영이를 위해 기도합니다. 감히 건강하게 해달라고 기도할 수 없음이 안타까울 뿐입니다. 그저 좋은 곳으로 가게 해달라고 기도해야 하는 내 입술이 떨릴 뿐입니다. 오늘 밤은 안부조차 물을 수 없는 희영이를 위해 기도하렵니다. 그렇게… 그렇게밖에 할 수 없음을 안타까워하면서… .

– 국립의료원

우리들의
아버지

농사에 열중인 어르신을 보니 문득 내 아버지가 생각납니다. 길가에 차를 세워놓고 한 시간 동안 유심히 보았습니다. 꼭 사진을 찍기 위해서라기보다는 그냥 느끼고 싶었습니다. 밭에 자라난 잡초를 뽑는 손길을, 갈고리로 땅을 고르는 모습을, 그리고 하얀 통에 가득 담은 거름을 밭에 뿌리는 모습도 보았습니다. 순간순간 느껴지는 무표정한 얼굴도 살폈습니다. 이분의 손에서 인고의 세월이 느껴지기도 했습니다. 몸보다 더 강해 보이는 손의 묵직한 모습은 분명 자식들을 위한 도구였을 것입니다. 내 아버지도 그러셨으니까요. 우리의 아버지는 다 같은 모습입니다. 희생으로 얼룩진 그분들의 삶이 결국 지금의 나를, 그리고 지금의 우리를 만들었습니다. 결국 우리는 모두 부모의 희생을 통해 자란 사람들입니다. 이제 돌려드릴 때도 됐건만 아직도 멀게만 느껴지는 나의 효도. 결국 다른 아버지에게서 내 아버지의 모습을 발견하고 돌아온 날입니다. 사랑합니다… 아버지!

– 양수리

형제

사람을 만나고 그들과 친구가 되는 과정은 언제나 즐겁습니다. 설레임을 동반한 첫 만남에서 이미 오래전부터 알고 지낸 것처럼 그렇게 많은 이야기를 나누었습니다. 생전 처음으로 이란 사람을 알게 됐고 이들과 함께 한 짧은 시간은 꿈결 같았습니다. 낯선 곳 한국에 와서 어렵게 일하며 꿈을 키우는 사람들입니다. 이란의 테헤란에 커다란 집이 있고 아버지는 조종사라고 합니다. 동생은 이곳에 오기 전 교사였다고 합니다. 내 직업이 여행작가인 것을 알고는 언제 이란에 여행갈 계획이 있는지 묻습니다. 입에 침이 마르도록 자기 나라에 대해 자랑을 합니다. 사람은 그런가 봅니다. 조국을 떠나면 모두가 애국자가 된다는 말. 이들이 소개하는 아름다운 나라 이란에 대한 마음을 품기 시작했습니다. 이란에 오면 자신들의 집에 묵기를 원하는 이들의 마음이 너무 아름답습니다.
그렇게 예기치 않은 만남은 엄청난 꿈을 꾸게 하기도 합니다. 짧은 인연의 소중함이 얼마나 값진 것인지도 느끼고 싶습니다. 외국에서 온 노동자들이 느끼는 어려움은 말로 할 수 없을 만큼 많습니다. 그래도 형제가 함께 일하는 것이 서로에게 큰 의지가 될 것 같아 마음이 조금은 편해집니다. 아름다운 미소만큼이나 깊이 느껴졌던 형제의 정. 외국인들, 우리가 관심과 사랑으로 바라봐야 할 사람들입니다.

– 양수리

오래된
사진
한 장

오래된 사진입니다. 20년은 족히 지난 시간 동안 내 곁을 지켜준 사진이기도 합니다. 처음으로 장만한 니콘 FM2 카메라를 폼나게 메고 다니던 시절입니다. 전라도 전주에서 버스로 1시간을 넘게 찾아들어간 시골에서 만난 이 귀여운 소년에 반해 셔터를 눌렀습니다. 시골 소년의 촌스러운 순박함은 내 어린 시절과 많이 닮은 듯했습니다. 이제 이 소년은 건장한 청년이 되었겠지요. 나를 향해 호기심 가득한 표정을 지어보이던 꼬마의 모습이 새삼스럽습니다. 지금도 예전처럼 빛나는 눈동자를 반짝이고 있을까요? 얼마나 많이 변했을지 궁금합니다. 나 또한 많이 변했으니까요. 그래도 사진은 변하지 않고 그때의 느낌들을 고스란히 전해줍니다. 지금은 어른이 된 이 소년은 나에겐 언제까지나 귀여운 꼬마일 뿐입니다. 과거로 돌아갈 수는 없겠지만 추억할 수는 있습니다. 그래서 난 사진이 좋습니다. 그래서 난 사람이 좋습니다. 그래서 난 앞으로도 계속 사진을 할 것입니다. 이제 겨우 20년밖에 안 됐는걸요.

– 전주

PUB
1886

지금은 많이 변해 아쉽지만
난 이곳을 오래도록 사랑했었다.

혜화동에서

다양함을 찾아내는 것은 사진을 찍는 즐거움입니다. 같은 것들만 있다면 이 세상이 얼마나 심심할까요. 같은 곳에 있지만 다른 모습들이 내겐 즐거움을 줍니다. 그 장면을 담는 그 순간이 행복하기도 하구요. 화려한 네온이 번쩍이는 유흥가 뒷골목에 옛 모습을 간직하고 있는 고풍스런 골목과 기와지붕의 멋들어진 조화가 카메라를 끌어당깁니다.

– 서울 혜화동

열정

눈빛이 참 인상적이었던 연주자. 나도 모르게 오랫동안 그의 눈빛을 훔쳤다. 알 수 없는 눈빛을 머금은 그의 몸짓과 그의 연주는 내 마음을 움직였다. 땀으로 뒤범벅이 된 채로 연주에 열중이던 그의 몸동작 하나하나가 나에겐 놓칠 수 없는 이유들이었다. 그런 그의 모습이 결국은 잔잔했던 내 마음을 사정없이 흔들어댔다. 그의 열정이 넘쳐나던 그 무대를 잊을 수가 없다. 아무리 오랜 시간이 지나도 그 마음은 변치 않을 것 같다. 그가 남기고 간 것은 결코 음악만은 아니었다.

그의 열정이,

그의 눈빛이,

여전히 내 안에 머물고 있다. 결국 그는 자신의 모든 것을 토해내고 돌아간 것이다. 오랫동안 준비한 노력의 결과물들을 놓치지 않고 받아들였다. 결국은 그런 열정이 내가 본받으며 살아가야 할 참된 모습이다. 어딘가에서 또 다른 사람들을 감동시키며 혼신의 힘을 다해 연주하고 있을 그의 멋진 모습을 상상해본다.

– 가평

어머니의
손

부산 여행을 마치고 집으로 돌아오는 길에 지난 여름 영정 사진을 찍어드리겠노라고 약속했던 경산에 들렀습니다. 열네 명의 사진을 담는 내내 자꾸만 손으로 눈길이 갔습니다. 세월의 흔적이 깊게 배어 있는 거친 손을 곱게 차려입은 옷 위로 가지런히 올려놓으셨다. 얼마나 오랫동안 일을 하면 손이 이렇게 될까? 거친 손이지만 참 아름답고 귀한 손입니다. 내 어머니의 손도 저렇게 거칠었습니다. 우리를 위해 살아오신 어머니의 손이 생각났습니다. 그 손 한번 따뜻하게 잡아드리지 못하고 떠나보낸 마음이 싸합니다.

– 경산

행복하세요

영정사진을 찍으면서 만난 분들의 삶은 다양합니다. 이 할머니는 앞을 못 보는 분입니다. 언제부터인지는 여쭤보지 않아서 알 수 없지만, 아주 오래전부터 그런 모습으로 살아오신 것 같다는 생각이 들었습니다. 어쩌면 한 번도 자신의 얼굴이 담겨진 사진을 본 적이 없을 수도 있겠지요. 얼굴에 화장은 하셨을까요? 단 한 번도 입술에 립스틱을 발라본 적이 없을지도 모를 이 할머니의 입술에 빨간 립스틱을 발라드렸습니다. 그리곤 정성스럽게 화장을 해드렸습니다. 곱게 머리도 빗겨드리고 옷매무새를 고쳐드렸습니다. 그렇게 정성을 다한 할머니를 제 앞에 앉혀드렸습니다. 나를 보지 못하는 분에게 무슨 말을 해야 할지 몰라 망설였습니다.

"할머니 저를 보세요." 기울어지는 고개를 세워드렸습니다.

"할머니 웃어 보세요." 어색한 미소를 입가에 옅게 띄웁니다.

"할머니 너무 예쁘세요." "웃으시면 더 예쁘실 거예요."

그렇게 할머니에게 잠시나마 웃음을 찾아드리고 싶었습니다. 할머니는 예쁘다는 말에 함박웃음을 터뜨렸습니다. 자신의 모습을 볼 수 없는 답답함을 안고 살아온 그 세월에 잠시나마 웃음 짓게 해드린 것이 얼마나 잘한 일인지 모릅니다. 너무나 짧은 시간이었지만 할머니의 웃음소리는 세상에서 가장 아름다운 것이었습니다. 볼 수 없는 사진을 찍으러 오신 할머니의 그 마음을 생각해 봅니다. 눈으로 카메라를 보지 못했지만 나를 바라보셨던 그 마음을 기억합니다. 건강하시길… 눈물 흘리시는 일 없이 오래 행복하시길….

– 금산

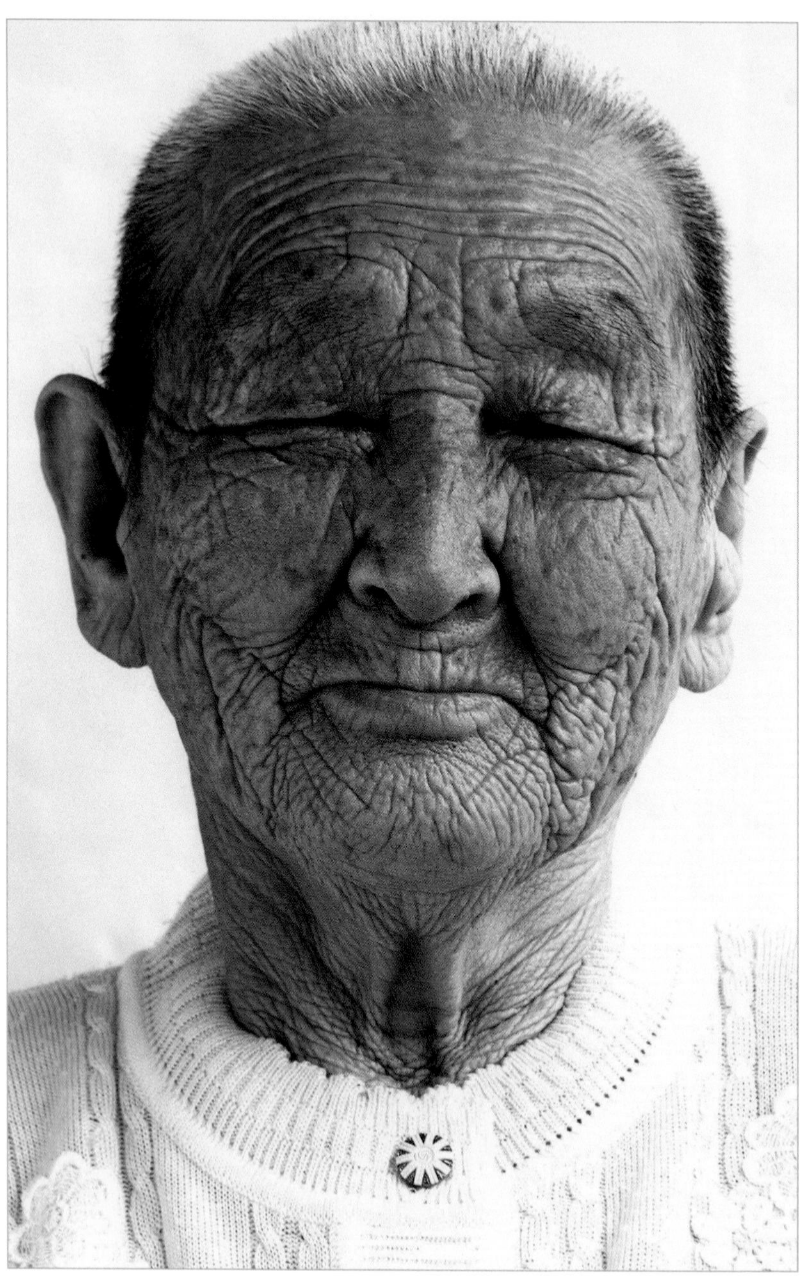

할머니

생전 처음일지도 모르지만 다른 사람의 손에 얼굴을 맡기고 곱게 화장을 하는 모습을 보면서 어렴풋이나마 이분들이 살아온 시간들을 짐작하게 됩니다. 아무리 화장을 해도 가려지지 않는 이 할머니의 주름진 얼굴이 참 아름답게 느껴졌습니다. 치열하게 살아왔을 지난 시간의 흔적이 가득한 얼굴이지만, 이 할머니의 주름에서는 알 수 없는 행복이 느껴졌습니다.

평온해 보이는 얼굴에서 세월이 주는 숭고함을 발견했기 때문일까요? 내게 얼굴을 맡기신 할머니의 잔잔한 미소가 행복해 보여서였을까요? 시간을 거스르는 것은 불가능합니다. 겨우 내가 할 수 있는 일이라곤 컴퓨터로 주름을 조금씩 지워드리는 것이 전부입니다. 그렇다고 이분의 질곡과도 같았던 삶이 지워지지는 않겠지만, 잠시나마 젊어진 사진을 보는 행복을 드리고 싶습니다. 내겐 아름답게 느껴졌던 주름진 얼굴이 당사자에겐 그렇게 보이지 않을 수도 있으니까요. 당신이 살아온 부끄럽지 않았던 삶을 존경합니다. 짧게 자른 머리가 부끄러워 수건을 쓰고 찍고 싶어하던 수줍어 하시던 당신의 마음을 사랑합니다. 예쁘게, 예쁘게 찍어드릴게요.
그래서 할머니가 사진을 보면서 활짝 웃을 수 있게 말입니다.

정말 감사합니다. 귀한 당신의 얼굴을 아무런 의심 없이 내게 맡겨주셔서….

그리곤 내 손을 꼭 잡아주셔서… 사랑합니다.

오래오래 건강하세요… 꼭이요!

– 금산

영정사진

사람을 찍는 것처럼 많은 생각을 필요로 하는 것은 없습니다. 그것도 낯선 노인의 영정사진을 찍는 것은 더더욱 그렇습니다. 평범하지 않은 힘든 삶을 살아온 분들 앞에서는 많은 생각을 하게 됩니다. 쉽게 셔터가 눌러지지 않는 이유를 나는 모릅니다. 이 할아버지의 영정사진을 찍어드리면서 파인더에 고이는 눈물을 가슴으로 닦아내고서야 겨우 셔터를 누를 수 있었습니다. 그렇게 힘들게 찍은 사진이 이분에게는 어떤 의미로 간직될지 알 수 없습니다. 한복과 정장을 곱게 차려입고 오신 다른 분들과 다르게 깔끔하지 않은 평상복 차림으로 오신 이 할아버지의 부자연스러운 행동과 무거운 얼굴 표정은 나를 더욱 힘겹게 했습니다. 의자에 앉아 있기도, 고개를 바로 세우기도 힘겨워 보였고 쉴 새 없이 움직이는 입의 떨림은 나를 더욱 당황스럽게 했습니다.
지금까지 촬영한 다른 영정사진들보다 가장 많은 생각을 하게 한 이 한 장의 사진이 나에겐 어떤 의미인가?
카메라 셔터를 누르는 순간 나는 할아버지 앞에 무기력하게 서 있는 이방인일 뿐이었습니다.

– 예산

nos

야생화의 특권

아름다움은 아름다움을 아는 사람만이 볼 수 있는 특권입니다.
그것은 결국 내 마음가짐.
그런 저의 마음을 움직이는 것은 그분의 섬세함이 아닌가 생각해 봅니다.
강원도 산골짝 구룡덕봉에 흐드러진 아름다운 꽃들은
아마도 애써 신경 써서 보지 않았다면
모두가 무심히 지나쳐 갔을 숨어 있는 아름다움이었습니다.
그분이 창조한 대로 피어난 꽃일 뿐인 데도
오늘은 그 길을 지나면서 '참으로 아름답다' 라는
생각의 특권을 누려봅니다.

– 인제 아침가리

자유

날아가는 모든 것엔 자유가 숨쉬고 있습니다. 갈 수 있는 자유가 모두에게 있는데 스스로가 깨닫지 못하는 것일 뿐입니다. 난 지금 자유를 생각하지만 사실 자유롭지 못한 현실에 나를 가둬놓았습니다. 자유, 그리움, 외로움, 이 모두는 하나의 연결고리를 갖고 있습니다.

– 대보항

바다는

바다는 사람의 마음을 흔듭니다.
바다는 사람을 편안하게 합니다.
순간 자신을 잊고 바라본 바다는 아무런 이야기를 건네지 않습니다.
그저 내가 던진 외마디의 비명과도 같은 한숨을 받아들이기만 할 뿐입니다.
그래서 어머니의 품속과도 같은 바다가 좋습니다.

– 소매물도

양수리
여명

아침이 찾아오는 북한강의 물안개가 미치도록 아름다워서 사진을 찍었습니다. 추운 밤을 지낸 후 일어나는 자연의 선물은 놀라움의 연속입니다. 졸린 눈을 비비고 나와 무의식적으로 집 앞의 강을 바라보는 순간 다시 볼 수 없을 것만 같은 두려운 마음에 미친듯이 셔터를 눌러댔습니다. 강물 위에 피어나는 물안개는 흡사 하늘에서 내려와 물 위를 떠다니는 구름과도 같았습니다. 양수리에서 이토록 멋진 물안개를 본 적이 없었습니다. 미치는 줄 알았습니다. 왜 이렇게 아름다운 거야! 정신 나간 사람처럼 혼자 중얼거리면서 그렇게 잠시 머물다 가는 이 아름다운 아침을 가슴으로 쓸어 담았습니다. 내 눈을 의심하면서 그렇게 카메라 셔터를 눌러댔습니다. 글쎄, 나만이 느끼는 아름다움일까요?

– 양수리

야생화

집에서 멀지 않은 곳에 작은 꽃들로 이뤄진 야생화 군락지가 있습니다. 무심히 지나칠 땐 아무렇지도 않던 이 꽃들을 자세히 들여다보면 저마다 소박한 아름다움을 간직하고 있습니다. 우리가 찾지 않는 곳에 피어나는 이 작은 꽃들은 수줍은 미소를 간직한 자연의 생명력입니다. 세상에는 무심히 지나쳐온 것들이 너무나 많습니다. 그 지나쳐온 곳에서 자라난 작은 풀잎 하나에도 생명의 비밀이 있다는 사실이 놀랍습니다. 그냥 지나치기엔 너무 수줍게 피어난, 그래서 아름다운 자연의 선물입니다.

– 양수리

잠깐 쉽시다

길을 걷다 보면 무수히 많은 사람들을 만나게 됩니다. 무심히 지나치는 풍경 속의 사람들조차 이방인의 눈에는 모든 것 하나하나가 새로운 감동으로 다가옵니다. 연출되지 않은 그들의 생생한 삶 속에서 여행의 참맛을 맛보게 됩니다. 우리가 살아가면서 느끼는 행복이라는 것은 그러니까 아주 작은 만남에서부터 나오는 것 같습니다.

시장 한 켠에서, 기차 안에서, 버스를 기다리며 줄서 있는 사람들의 표정 속에서. 그러나 정작 그들은 그런 사실을 모르고 살아가고 있는 것 같습니다. 푸른 하늘을 이고 살아가는 나무처럼 가만히 생각에 젖어 지난날을 회상해 봅니다.

– 경주

감사하리라

답답하다고 더 이상 불평하지 않으리.
부족하다고 더 이상 말하지 않으리.
가진 것이 없다고 더 이상 짜증내지 않으리.
내가 소유한 모든 것들에 감사하는 모습으로 남아 있으리라.

저 이름 없는 들풀이 안주한 곳보다는 더 넓고 풍요로울지니.

– 강화 석모도

이제 새로움은 내가 가야 할 또 하나의 도전입니다.
하늘과 땅 아래에는 내가 가야 할 이유가 존재합니다.

석양

석모도의 석양. 여행을 마치고 집으로 돌아가려고 뒤를 돌아보는 순간 어느새 바다는 황금빛을 만들어내고 있었습니다. 애써 아름다운 색을 찾으려 노력하지 않아도 오후의 햇살은 바다와 갯벌의 색을 온통 황금빛으로 바꿔놓았습니다. 사진은 노력도 중요하지만 운이 많이 따라야 한다는 생각을 하게 합니다. 석양을 찍어야겠다고 석모도를 찾은 것도 아닌데 이렇게 아름다운 풍경으로 선물을 안겨주니 말입니다. 덤으로 얻은 선물. 눈으로 마음으로 이 사진에 흠뻑 취해봅니다.

– 강화 석모도

같은 소리

바다는 사람에게 어떤 의미인가? 사람은 바다에게 어떤 의미인가? 사람이 바다를 그리워하는 만큼 바다도 사람을 그리워할까? 간혹 마음이 흔들리면 바다를 찾아갑니다. 왜 그런지 모르지만 그렇게 흔들린 감정을 바다에 던져놓고 오는 시간이 필요했습니다. 내가 찾은 바다는 언제나 같은 소리를 냅니다. 나를 반기는 것도, 그렇다고 나를 내쫓는 것도 아닌 그런 소리를… 가식 없는 내 존재를 보일 수 있는 바다가 좋습니다. 한없이 바라봐도 질리지 않는 바다가 좋습니다. 바다는 나의 아픔들을 침묵으로 안아줍니다. 돌아오는 시간 여전히 귀에 들리는 파도소리가 노래로 바뀝니다. 그렇게 난 바다와 나눈 시간 속에서 새로운 내가 되어 돌아옵니다. 그래서 바다가 좋습니다.

– 부산 광안리

무엇을
품고 사나요?

마음에 희망을 품으면 세상이 희망으로 가득차며, 마음에 감사를 품으면 세상은 온통 감사할 이유들로 넘쳐나며, 마음에 용기를 품으면 세상에 못할 일이 없으며, 마음에 사랑을 품으면 그 사람이 다가왔을 때 발견할 수 있으며, 마음에 행복을 품으면 사람들에게 그 행복을 나눠주고 싶어지며, 마음에 꿈을 품으면 그 꿈은 조금씩 자라납니다.

그러나 마음에 근심과 걱정을 품으면 세상은 온통 근심과 걱정으로 가득차 보입니다. 마음에 증오를 품고 살면 내 자신이 먼저 무너집니다. 감사할 이유가 전혀 없어 보이는 세상인가요? 결국 감사는, 행복은, 희망은 내 안에서 찾아야 합니다. 하늘만을 바라보며 행복해하는 해바라기의 미소를 생각해 보세요.덩달아 행복해질 것입니다.

– 양수리

꽃과 사마귀

집 앞마당에 핀 달래꽃입니다. 이사 올 때 마당에 있는 것을 옮겨 심었는데 이제서야 꽃을 피우네요. 참 단아한 느낌의 꽃입니다. 저도 이 꽃은 처음 봐서 그런지 볼 때마다 신기합니다. 달래꽃에 살면서 지나치는 작은 벌레들을 기다리는 사마귀는 생김새가 별로 맘에 안 들었는데, 하루 종일 저런 자세를 취하고 있는 것이 너무 기특해 한 컷 찍어줬습니다. 오늘 햇살이 밝고 힘찬 것처럼 우리의 삶도 힘찬 하루가 되길 소망합니다.

– 양수리

유채꽃

집 근처에 유채밭이 있습니다. 평소에는 그냥 지나쳤던 곳인데 어느새 노란 꽃잎이 피어나 마음을 훔쳐갑니다. 주변을 둘러보면 아름다운 것들은 헤아리기 힘들 정도로 많음을 알게 됩니다. 단지 내가 마음을 열지 못하고 지나쳐버린 것일 뿐이지요. 카메라에 담아내는 것은 결국 내 몫으로 남습니다. 그 주어진 환경에 감사하는 마음으로 꽃을 담았습니다.

– 양수리

가을아

가을… 여행에서 돌아와 처음으로 집 앞 은행잎을 카메라에 담으러 나갔습니다. 노란 은행잎들 사이에 아직은 색이 바래지 않은 모습으로 가을을 힘겹게 붙잡고 있는 또 다른 모습을 만났습니다.

가을아! 이렇게 빨리 떠날 걸 왜 온 거야? 그렇게 아쉬운 마음으로 이 찬란한 계절에 투정을 부려봅니다. 너무나도 아름다운 그 모습에 취한 채….

– 양평

짧은 여행

바쁜 시간을 보내다가 잠시 짬을 내어 강원도로 여행을 다녀왔습니다. 평창 허브나라를 구경한 후 찾아간 횡성의 양떼목장에서 무심히 지나는 바람에게 안부를 물었습니다. 멍하니 풀밭에 앉아 푸른 초원을 바라보면서 쉼을 얻었습니다. 휴식은 특별한 것을 필요로 하지 않습니다. 그저 힘겨웠던 마음을 내려놓고 자연 앞에 나를 맡기면 되는 것입니다. 그렇게 1박 2일을 보낸 오랜만의 여행에서 몸은 피곤했지만 마음은 잔잔한 평화를 얻고 돌아올 수 있었습니다. 자연은 그렇게 메마른 내 가슴을 적시기도 하고 지친 몸과 마음을 쉬게도 해줍니다. 긴 여행을 앞두고 다녀온 여행… 너무 소중한 시간이었습니다.

– 횡성

저녁노을

강화도 전등사로 올라가는 길에서 잠시 뒤를 돌아보았습니다. 순간 내 시선은 바다와 하늘이 맞닿는 아름다운 저녁노을에 멈춰 섰습니다. 밝음과 어둠의 만남은 버려야 할 것들을 어둠으로 밀어내려는 듯 많은 색들을 포기하기 시작했습니다. 힘들게 계단을 오르는 지친 내 발걸음이 가벼워지는 것을 느꼈습니다. 이 한 장의 사진이 내게 얼마나 큰 힘이 되었는지 사람들은 알까요? 설령 그 마음을 몰라준다고 해도 아쉬울 필요는 없겠지만. 내가 느끼는 행복을 다른 사람도 똑같이 느껴야 할 필요는 없을 테니까. 사진은 나를 변하게 하는 것이 아니라 예전의 나로 되돌리는 수단이기도 합니다. 내가 잊고 지내는 작고 소중한 것들로부터 나를 보호해주는 순간의 선택들… 기억 너머에 서 있는 나를 만나고 미래를 향해 가는 나를 돌려세우는 것은 결국 사진입니다.

– 강화도

기다림

세차게 내린 비로 인해 마음이 후련해지는 느낌이 듭니다. 바쁜 일을 마무리하면서 한 달간 누릴 여유로움 때문에 기분이 좋아진 거죠. 이제부터 떠남을 생각합니다. 가까운 곳에서부터 며칠 동안 다닐 수 있는 곳으로의 여행을 꿈꿉니다. 배고프면 밥을 먹는 게 당연하듯 여행이 고프면 떠나는 것이 내겐 너무 자연스러운 삶이 되었습니다. 가끔은 허기진 마음을 부여잡고 현실에 안주하려 몸부림치기도 하지만, 결국 난 내가 가야할 길 위에 서 있습니다. 최선을 다한 후에 주어지는 여유는 결국 나를 살찌우는 시간인 셈입니다. 여행은 떠남도 중요하지만 그때를 기다리는 시간이 더 소중할 때가 있습니다.

기다림, 그리고 설레임, 모두가 지나간 그 길 위에 서 있는 나를 만나는 순간입니다.

– 양평

내 안의
나를
사랑하는 방법

지친 아침 이 한 장의 사진을 가슴에 담으면서 얼마나 흥분되던지. 사람이 살아가는 이유가 다양하고 행복의 기준 또한 다르겠지만, 지난 여름 흔들렸던 그 감정은 아직도 정리되지 못하고 있습니다. 살아가면서 해결하지 못하는 단 한 가지의 질문과 대답. 어쩌면 이미 알고 있을 대답인데도 여전히 내 안에 숙제로 남아 있습니다. 이 지독한 질문은 언제까지 내 주변을 맴돌기만 할 것인지 알 수가 없습니다. 바다를 보면 내 안의 고민이 쓸려갈 것 같았지만, 떠날 때 안고 간 고민들을 결국 돌아오는 차 안에서도 발견했습니다. 오늘, 내 안의 나를 사랑하는 방법을 잠시나마 내려놓고 싶습니다.

– 안면도

Europe

한번
해볼래요?

어릴 적 막내형의 듬직한 어깨만큼이나 푸근한 뒷동산에 앉아 어머니를 기다렸던 시간, 세상에서 가장 아름답고 평화로운 오후를 선물 받고는 했었는데… 그리고 어른이 된 뒤 다시는 느낄 수 없을 것만 같았던 나만이 간직한 평화를 낯선 땅 파리의 '몽마르뜨' 언덕에서 만나게 되었습니다. 느낄 수 있다는 것은 생명이 깃들어 있다는 증거이며,
생명이 있다는 것은 아직도 내가 가야 할 길이 있다는 것입니다. 작은 참새들을 위해 작으나마 빵조각을 나누는 시간 속에 멈춰진 행복은 아주 짧은 시간이었지만, 오랫동안 훈훈한 감정을 잉태하게 해주었습니다. 한껏 여유로운 눈길을 지어보이던 할아버지의 모습에서 내 지친 과거는 허공을 가르며 힘없이 떠나감을 느꼈습니다.
사랑? 그것은 어디에도 있는 것이며 찾아보면 어디에도 없는 것으로, 결국은 보잘것없다고 생각되는 내 작은 마음속에 있는 것입니다.
그렇습니다.
그것이 사랑입니다.

– 프랑스 파리 몽마르뜨

LES ABBESSES
HOTEL
HOTEL

언덕이 있는
골목길

소박한 골목이 참 정겹다는 생각이 든 곳, 사람들의 발자국과 재잘거림이 있고 그들의 정이 넘치는 세상살이가 펼쳐지고 있을 그곳이 또다시 그립습니다. 이들은 이토록 오랜 시간 자신들의 추억이 깃든 골목을 지켜내고 앞으로도 그들의 골목을 지키며 살아갈텐데, 나는 내 어린 시절 골목을 잊은 채 살아가고 있다는 사실이.
우린 너무나 짧은 시간에 우리의 것을 아무렇지도 않게 잊고 살아가는 것이 아닌가 싶습니다. 변하지 않는 것은 세상에 없다지만, 자연스런 세월의 흐름 속에 잊어버리게 되는 소중한 추억들이 방울방울 맺혀 있는 골목들이 그리워집니다.

– 프랑스 파리

세상에서
가장 아름다운 것

살아온 날이 어떠하든 지금 자신의 모습을
가장 아름답다고 여기는 사람만이
인생의 가치를 제대로 아는 것.

– 프랑스 니스 해변

mams
SACHA

L'Otan veut sortir
du bourbier afghan
Europe1
CAHUZAC

CATHARE
P15832F
P 15799

세느 강변에서

눈물 날 만큼 그립습니다.
눈을 감아도,
눈을 떠도,
가슴의 그리움은 희석되지 않습니다.
내가 걸었던 그곳,
내가 만난 알 수 없는 거리의 풍경도,
그리고 알 수 없는 거리의 사람들조차도 모두가 그리운 대상입니다.
내가 그토록 가고 싶은 그곳을 향해
마음을 날려버렸는지도 모릅니다.

난 파리의 하늘 아래를 걷고 있는 것을….

– 프랑스 파리 세느 강변

진정한
쉼

휴식은 멈춤 속에서 내 안의 모든 피로를 씻어줍니다. 내가 살아온 곳이 아닌 전혀 다른 곳에서의 멈춤은 새로운 나를 발견하는 순간이기도 합니다. 파리의 공원에는 의자가 참 많습니다. 누구나 가던 걸음을 멈추고 잠시 쉬어가는 여유를 누리기에 충분할 만큼의 의자들로 인해 여행에 지친 다리는 잠시나마 쉬어가는 호사를 누립니다. 이 짧은 시간이야말로 세상에서 가장 소중한 휴식 시간입니다. 긴 여행을 마치고 의자에 앉아 집으로 돌아가는 시간을 기다리는 나는 행복한 사람입니다.

– 프랑스 파리

몽마르뜨

긴 시간 동안 그리움으로 남겨뒀던 사랑하는 도시 파리에서 나는 지금까지의 방황을 끝내고 나를 찾고 싶었습니다. 파리의 하늘 아래, 파리의 언덕에서 나는 조각난 사랑을 노래하고 싶었습니다. 파리는 영원한 고향과도 같은 내 어머님의 품처럼 그렇게 나를 쓸어안고 있었습니다. 이 세상 어느 도시가 나를 품어주고 나를 반겨준단 말입니까.

– 프랑스 파리

풀밭의 휴식

마음 편히 풀밭에 누워 하늘을 바라본 적이 언제였는지 생각해 봅니다. 그토록 그리던 파란 하늘과 등 뒤로 전해지는 풀잎들의 포근한 감촉. 무슨 일들이 그렇게 많은지 이토록 쉬운 휴식 한번 할 시간이 없었는지… 생각해보면 시간이 없어서가 아니라 마음의 여유가 없어서가 아니었는지. 차 타고 지나다 잠시 짬을 내어 한강변에 누워 하늘과 구름과 바람을 느끼면 되는것을… 그 쉬운 것을 왜 하지 못하고 사는지 모르겠습니다. 내 안의 여유는 결국 내가 선택한 삶의 방식입니다. 그것을 이끌어내는 것은 나를 사랑하는 방법이 됩니다. 바쁨은 나를 성장시키기도 하지만 성장을 멈추게도 합니다. 가끔은 선택의 기로에서 내가 살아온 시간들이 주마등 같이 스쳐갑니다. 진정 소중한 것이 무엇인지 알아가는 과정에서 휴식은 큰 힘이 되어줍니다. 파리의 공원에 누워 한없이 자신을 성장시키는 사진 속의 사람이 부럽습니다.

– 프랑스 파리

함께
걷는 길

오랜 시간 동안 함께 살아온 사람과 같은 길을 걷는다는 것이 평범한 듯하지만, 생각해보면 그것처럼 어려운 일도 없는 것 같습니다. 처음 만나 사랑할 때는 말하지 않아도 손을 꼭 잡지만, 시간이 지나면 시들해지는 것이 사람에 대한 감정인가 봅니다. 변하지 않는 마음, 그 일관된 마음의 깊이를 오래도록 간직하며 사는 사람들을 보면 가슴이 훈훈해지는 것을 느끼게 됩니다. 결코 젊은 나이로 보이지 않는 이 부부의 꼭 잡은 두 손이 왜 그렇게 부러웠는지 모릅니다. 오래도록 서로의 손을 잡아주었을 것 같은 이들의 아름다운 사랑이 오래도록 변하지 않기를 바래봅니다. 지금처럼 같은 길을 혼자가 아니라 함께 갈 수 있기를 말입니다. 함께 한다는 것의 소중함을 잘 알고 있습니다. 그 소중한 대상을 한참 동안 그려본 곳입니다.

– 프랑스 베르사이유

꼬마와 오리

한참을 바라봤습니다. 꼬마가 내 앞에 오기를 기다렸습니다. 이상하게 직접 다가가서 찍고 싶지 않았거든요. 그냥 묵묵히 내 앞을 지나쳐 주기를 원했습니다. 꼬마가 끌고 가는 오리가 너무 귀여워 웃음이 나왔지만 참았습니다. 혹시라도 순간을 놓칠까봐서요. 순간이 주는 감동은 사진으로 태어날 때 더욱 아름답습니다. 기다림 끝에 간절히 원하던 피사체를 만날 때의 행복감. 그렇게 이 꼬마는 내게 두 가지의 행복을 주고 오리와 함께 엄마의 품으로 갔습니다. 아주 짧은 순간의 만남. 여행은 무수히 많은 만남의 기회를 제공합니다. 물론 예기치 않게 말입니다.

– 프랑스 파리

길을
걸어갑니다

고민과 외로움과 지나간 추억을 쓸어담은 가슴을 안고 길을 걷습니다. 누군가는 걸어가면서 행복했을 이 길에, 누군가는 아픔을 씻으며 걸어갔을 이 길에, 나는 카메라를 들이댑니다. 시간이 지나면 난 이 길을 분명 그리워할 것입니다.

– 프랑스 베르사이유

사랑은 변하는 것이 아니라 세월이라는 거름을 먹고 익어가는 것이다.

몰입

한 가지에 몰입한다는 것, 가장 하고 싶은 일을 할 때 가능합니다. 그 몰입의 순간에 본인만이 느끼는 여유가 생겨납니다. 상념을 집어던져 버리고 한 가지에 몰입하는 순간이야말로 사람이 누릴 수 있는 축복입니다. 파리의 로댕 기념관에 앉아 오래전 그의 작품을 스케치하는 이 여인의 표정과 진지함이 내가 사진에 몰입하는 계기가 됐습니다. 이 여인의 시간은 길고 내 사진의 시간은 턱없이 짧았지만, 같은 공간에서 다른 시선으로 자신을 던져버린다는 것은 같은 이유입니다.

– 프랑스 파리 로댕 기념관

EOX
29. 30

info

단역배우

자신의 차례가 오기를 기다리는 단역배우의 표정. 배우의 표정이 너무나 독특해 나도 모르게 카메라의 셔터를 눌렀습니다. 때로는 나도 무의식 중에 남들에게 저렇게 애처로운 모습으로 비춰진 적이 없나 생각하게 했던… 살아가는 방법이 어떠하든 간에 자신의 위치에서 충실한 모습으로 보여졌으면 하는 소망을 가져봅니다.

– 프랑스 파리 룩상 공원

휴식

여행을 하다보면 지친 다리를 쉬려고 아무 곳에나 털썩 주저앉아 버립니다. 내가 생활하는 일상에서는 누리기 힘든 자유로움이 있는 순간입니다. 근사한 옷을 입고 멋진 의자에 앉아 있지 않아도 여행자의 휴식에는 세상에서 가장 달콤한 행복이 넘쳐납니다. 긴 여행 중 맞이하는 잠깐의 외로움은 사랑하는 사람의 존재가 더없이 소중하다는 사실을 느끼게 해줍니다. 여행은 주변의 사람들을 더 많이 사랑하는 중요한 계기가 됩니다. 떠남에 대한 의미를 전부 이해하지는 못하지만 여행하며 만난 모든 곳에서 나는 다양한 평화를 만나고 돌아옵니다. 떠남과 돌아옴의 가운데에는 언제나 휴식이 존재하며, 그것은 새로운 길을 가기 위한 힘이 되기도 합니다. 다음 목적지를 가기 위해 기다리는 낯선 기차역의 오래된 벤치에서 나는 지도를 보며 잠깐의 휴식을 갖습니다. 그 잠깐의 휴식이 없다면 먼 길을 돌아 지금 내가 있는 곳까지 도착하지 못했을지도 모릅니다.

– 프랑스 파리

사랑은

사랑에는 나이를 초월하는 힘이 있습니다. 그 힘의 원천은 결국 내 안에 남아 있는 보이지 않는 힘입니다. 살아온 세월만큼 사랑의 깊이가 깊어지는 것은 아니라고 생각하지만, 그래도 오랜 시간 지난 절제된 사랑에선 알 수 없는 힘이 느껴집니다. 사랑하는 사람의 눈동자를 바라보며 대화한 적이 얼마나 있었는지 내 자신을 돌아봅니다. 내가 선택한 사랑에 대해 최선을 다했는지 반문해 봅니다. 결국 갈등과 반목 속에 사랑은 떠나가고, 그 사랑에 대해 후회하는 철없음이 결국 나를 연약한 존재로 만들어버립니다.
후회도, 미련도 한낱 부질없는 과거를 추억하는 가슴앓이인 것을 알게 됩니다. 사랑하며 살아온 날도 결국 지난 과거일 뿐이라는 사실이 쓸쓸함을 더합니다. 파리에서 만난 이들의 진한 입맞춤처럼 가슴 찐한 사랑을 하고 싶습니다.

– 프랑스 파리

돌아가야 할
시간

우리는 지금 결혼 50주년 기념으로 유럽여행 중입니다. 영국과 독일을 거쳐 융프라우가 보고 싶어 스위스에 왔습니다. 15일간의 여행을 마치면 고향인 예루살렘으로 돌아갑니다. 시간을 내어 이스라엘로 여행 오시죠? 그러나 빨리 서둘러야 합니다. 우리 부부가 당신을 마중 나갈 수 있는 시간은 그리 많지 않거든요.

– 스위스 융프라우

사심 없이

무언가를 얻고자 떠난 여행에선 가이드북에서 본 유명한 건물과 조형물들을 만나게 되지만, 마음을 비우고 떠난 여행에선 구석구석 숨겨져 있는 작고 아름다운 세상들을 발견하게 됩니다. 스위스의 거대한 자연 '융프라우'의 웅장함에 감탄을 토해내고 내려오던 중 산동네의 오래된 집 귀퉁이에 흐드러지게 피어 있던 이름 모를 들꽃은 하산에 지친 다리와 더운 여름의 갈증을 동시에 풀어주는 청량제였습니다. 보고자 했던 것은 만년설의 '융프라우'였지만, 전혀 기대하지 않은 작은 꽃들로 인해 난 그보다 더 아름다운 행복과 평화를 느낄 수 있었습니다. 길 섶에 핀 들꽃, 담장 위에 핀 들꽃은 스위스에서 느낄 수 있는 새로운 생명력이었으며, 위대한 하나님의 힘입니다. 여행을 마치고 그리워하게 되는 것은 유명한 건물도, 화려한 도시도 아닌 것을 다시 한 번 깨닫습니다.

– 스위스 융프라우

아무리 아름다운 자연도 사람을 품지 못하면 뭔가 부족해 보인다.

오래된 친구는 과거의 사람이 아닌 지금 내 옆의 사람이다.

창문

여유로움은 결국 사람의 마음에서 나오는 것입니다. 부유해서 자신을 가꾸거나 주변을 돌보는 것이 아니라 마음의 평화로부터 여유는 생겨납니다. 아름다움을 가꾸고 그것을 위해 자신의 몸을 움직이는 시간이야말로 세상에서 가장 값진 때가 아닐까 생각해 봅니다. 또한 가장 행복을 느끼는 순간이 되기도 하겠지요. 나를 돌아보고 내 주변을 사랑하는 마음, 한줌도 되지 않는 작은 존재인 내가 이른 새벽에 묵상해 봅니다. 여행의 다양한 경험과 그로 인해 얻어지는 기쁨들, 그것은 결국 누군가의 보이지 않는 수고가 있었기에 가능한 일이겠지요. 눈을 감아도 떠오르는 스위스의 아름다운 자연과 집들 ….
사람이 살아가는 여유를 일깨워주는 소중한 교훈이었습니다. 이 소박한 창문에 감동을 받고 돌아오는 벅찬 내 가슴을, 내 감성을 사랑합니다.

– 스위스

편한 친구

나에게 있어 가장 편안한 사람은 누구입니까?
나에게 있어 가장 편안한 휴식은 언제입니까?
나에게 있어 가장 소중한 사람은 누구입니까?
마음까지도 내줄 수 있는 그런 사람… 지금 곁에 있습니까?
여행자에게 위로가 되어준 이곳에서 그렇게 마음의 기도를 드립니다.

– 영국 런던

뒷모습

내 아버지의 뒷모습도 저렇게 쓸쓸했었는지…

– 영국 런던

LONDRA
LONDRA

친구와
떠나는 여행

여행을 떠난다는 것. 혼자 떠나는 여행이 주는 행복도 크지만 소중한 친구와 함께 떠날 때 느끼는 행복이 더 클 경우가 있습니다. 평소 알 수 없었던 친구의 모습을 발견하기도 하고 사소한 일로 다투기도 하면서 서로의 존재를 이해하게 됩니다. 그러나 진정한 친구는 그 이후의 모습에서 서로를 위하는 마음을 갖게 되지요. 여행은 사람과 사람을 연결해 주는 다리 역할을 합니다. 어려운 길을 함께 의논하면서 찾아가는 즐거움은 고스란히 소중한 추억으로 남습니다. 같은 곳을 향해 가는 동반자, 그 친구가 지금 내 곁에 있는지….

– 영국 런던 노팅힐

인생의
갈림길

세상의 모든 길은 마음을 흔듭니다. 내가 걸어온 길과 앞으로 가야 할 수없이 많은 길들을 생각해보게 됩니다. 길은 내 마음을 다스리는 중요한 존재입니다. 변하지 않는 내 안의 길을 찾고 싶을 때면 지나간 내 인생길을 떠올려 봅니다. 결코 순탄하지 않았던 그 길 위에서 난 무엇을 추구하며 살아왔는지 생각해 봅니다. 우리는 늘 인생의 갈림길에서 망설이는 철없는 인간인지도 모릅니다. 오늘 걸었던 길의 길이를 재본 적이 있습니까? 지금껏 내가 걸어왔던 인생의 길이를 재본 적이 있습니까?

– 영국 하이드파크

이런 친구 하나 있었으면

서로 기대어 잠들어도 마음 편한 친구,
이런 친구 하나 있었으면 좋겠습니다.
자신의 어깨를 기꺼이 사랑하는 사람에게 나누어주는
이런 친구 하나 있었으면 좋겠습니다.
특별하진 않아도, 남들보다 잘나진 못해도
내가 필요할 때 달려와 줄 수 있는
이런 친구 하나 있었으면 좋겠습니다.
마음 편하게 불러내 미소 지을 수 있는
이런 친구 하나 있었으면 좋겠습니다.
차 한 잔을 나누어도 기분 좋아지는
이런 친구 하나 있었으면 좋겠습니다.
내가 책 보는 동안 포근한 어깨를 내주고 잠들 수 있는
이런 친구 하나 있었으면 좋겠습니다.
누군가에게 맘껏 자랑하고 싶을 만큼 가슴 따뜻한
이런 친구 하나 있었으면 좋겠습니다.
차가운 밤공기를 함께 나눠 마실 수 있는 동행자와도 같은
이런 친구 하나 있었으면 좋겠습니다.
걸어가면서 애써 내 걸음걸이에 맞추려 노력하는
이런 친구 하나 있었으면 좋겠습니다.
내 뒷모습마저도 사랑스럽다고 말할 수 있는
이런 친구 하나 있었으면 좋겠습니다.
그러나 우선 내가 사랑하는 그에게 그런 친구가 될 수 있기를….

– 영국 런던

올바른
여행

같은 시간, 같은 공간에 있지만 누구는 휴식을 취하는 것에 만족하고 누구는 그곳을 이해하려고 노력합니다. 내가 여행한 그 많은 곳을 이해하려고 애쓴 적이 얼마나 있었는지 반성해 봅니다. 그저 휴식의 장소로 삼아버린 소중한 공간들, 그 당시의 감정조차 기록하지 못하는 게으름으로 지내온 시간들, 그 시간이 왜 이렇게 후회가 되는 걸까요? 다시 돌아가기에는 돌이킬 수 없는 시간들. 많은 것을 보았지만, 많은 감동을 받았지만 그것만으로 만족하며 살아왔던 내 여행의 시간들을 반성합니다. 이제부터라도 이 소녀의 진지함을 배우렵니다. 그래서 더 많은 기쁨을 안고 돌아오는 여행에 동참하렵니다.

– 영국 런던

일시정지

길을 가다가 잠시 쉬어봅니다. 지금까지 걸어온 길과 걸어가야 할 길. 멈춤은 그 가운데 서 있는 나를 다시 한 번 확인해보는 시간입니다. 나는 멈춰 서서 지나가는 사람들을 바라봅니다. 가끔은 정지된 화면처럼 멈춤은 작은 평화를 느끼게 해줍니다. 낡은 벤치에 앉아 쉬는 짧은 시간이지만 지나온 길을 펼쳐보며 그리고 다시 힘을 내서 가야 할 곳에 표시를 합니다. 또한 이만큼이나 온 자신을 격려해 봅니다. 여행자는 항상 떠나온 시간과 떠날 시간의 사이에 서 있는 불편함을 안고 가는 존재가 아닌가 합니다. 내가 포기한 편안한 정착생활 대신에 더 큰 자유를 선물로 받아들고 용기내어 가던 길을 다시 떠나렵니다.

– 영국 런던

키스

영국 대영박물관 앞에서 만난 연인들. 우리에겐 익숙하지 않은, 거리에서 보는 사랑 표현. 그 사랑이 너무 부러워 촌스럽게도 한참을 쳐다봐야 했던 나.

– 영국 런던

사랑? 사랑하는 사람의 뒷모습까지도 돌봐주는 것, 그것이 사랑이다.

사진가는 길에서 사랑을 배운다.

어떤
그림을
그리시나요?

그림을 그립니다. 하얀 캔버스에 우아한 모습으로 그림을 그리는 사람이 있다면, 길바닥에 쭈그리고 앉아 초라한 천을 깔아놓고 그림을 그리는 사람도 있습니다. 여행 중에 거리에서 만나게 되는 이름 없는 초라한 화가의 그림에서 진정한 평화를 발견하기도 합니다.

– 독일 하이델베르크

사랑하렵니다

사람을 사랑하는 것은 내 안의 나를 표현하는 일입니다. 그 표현의 대상이 누가 될지 알 수 없지만 준비된 마음을 가진 이들에겐 그 사랑이 보이겠지요. 사람을 기다리는 것처럼 설레이는 감정이 또 있을까요? 어린 시절 이성을 소개받으러 나간 자리에서 쑥스러워 고개를 들지 못했던 순진했던 내 모습은 이제 온데간데없어졌지만, 그 당시의 추억은 아직도 아련히 내 안에 존재합니다. 눈이 시리도록 하얀 교복을 입은 소녀의 수줍은 미소 너머로 보이던 정갈한 눈빛은 너무나 투명하고 맑았습니다. 여행에서 만나는 연인들의 모습에서는 내가 선택하고 싶은 삶이 보입니다.

어려운 시간을 헤쳐나가는 그들의 마주잡은 손에서 진한 사랑이 느껴집니다. 피곤에 지친 몸을 기댄 그들의 어깨에선 진한 믿음이 느껴집니다. 질투가 나도록 부러운 그들의 눈빛을 존경합니다. 이제는 부러움을 거둬들여야 할 때입니다. 내가 타인의 부러움의 대상으로 사랑을 이뤄나가야 할 때입니다.

이제 사랑하렵니다.

이제 행복하렵니다.

이제 고백하렵니다.

이제 손을 꼭 잡고 함께 걸으렵니다.

– 독일 하이델베르크

PERONI EP. NVRSIN
HASZ EP. TIT. SVREN
ROZMAN EP. LABACEN
EMMANVEL EP. STABIEN
BVCKO EP. TIT. CADOEN
E. ALBERS EP. TIT. LANSINGEN
MEYSING EP. TIT. MINEN
GVY EP. TIT. PHOTICEN
BINASCHI EP. PINEROLIEN
P. FALIERE EP. TIT. CLYSMATEN
COBBEN EP. TIT. AMATHVSIVS IN PALAESTINA
HYACINTHVS TREDICI EP. BRIXIEN
LAVRENTIVS I. INCLESE EP. TIT. NILOPOLITAN
AEMILIANVS CAGNONI EP. CEPHALVDEN
CHRISTOPHORVS A. TERZI EP. TIT. DIOCLETIANEN
PAVLVS BOVQVE EP. TIT. VACADEN
EMMANVEL P. LOPEZ ESTRADA EP. VERAE CRVCIS
CAROLVS FALCINELLI EP. AESIN
FERDINANDVS LONCINOTTI EP. S. SEVERINI
PHILIPPVS CIPRIANI EP. CIVITATIS CASTELLI
IACOBVS ROSSO EP. CVNEEN
CAIETANVS MALCHIODI EP. TIT. CANEN

동행

여행을 떠나신다구요? 그래요, 생각 잘 하셨어요. 여행은 거창한 것이 아니랍니다. 내가 늘 살던 곳이 아닌 좀 더 색다른 세상으로의 떠남. 이번 여행에는 책을 한 권 넣어가시죠. 어디면 어떻습니까? 아무데나 맘에 드는 곳에 자리를 잡고 독서를 해보는 겁니다. 모쪼록 떠난 여행에서 어떤 이야기거리를 만났는지 우리 이 다음에 커피 한 잔 기울이며 나누어 봅시다. 여행에서 만나는 사람들에게선 진한 인간미가 넘쳐납니다. 나이를 떠나 친구가 될 수 있는 것 또한 여행에서 만나는 사람들의 특권입니다. 일상을 벗어던진 사람들에게서 느껴지는 투박한 자유로움은 오랜 벗처럼 친근합니다.

– 이탈리아 로마

©심종윤

사진을 찍는다는 것, 그리고 사진을 세상에 보이기까지 준비해야 하는 시간들. 어느 사진은 20년, 또 다른 사진들은 20년 그리고 1년 전까지, 세월의 흔적이 묻어 있는 사진들은 내가 살아온 삶이다. 그리고 인생이다. 사진가로 살아온 이 길을 사랑하는 나에게 사진과 그 사진들을 담은 책은 또 다른 내 모습이다.